पल भर की छाँव

राज ऋषि शर्मा

उन सभी को

जिन्हें पुनर्जन्म पर विश्वास है

क्रम-सूची

क्रम-सूची

प्रस्तावना

भूमिका

लेखक की ओर से

'पल भर की छाँव' की विषय वस्तु ऐसी है कि एक बार जब आप इसे पढ़ना शुरू करते हैं तो फिर इसे समाप्त किये बिना रह ही नहीं सकते। यह एक उपन्यास ही नहीं एक ऐसा संस्मरणात्मक वृत्तांत भी है जो कि काल्पनिक होते हुए भी सत्य है। सत्य होते हुए भी काल्पनिक! सब कुछ देखा, सुना, पढ़ा तथा अनुभव किया हुआ जैसा है। जिस पर प्राचीन काल से ही विश्वास किया जाता आ रहा है। ऐसी ही धारणा अन्य धर्मग्रंथों तथा जन साधारण की भी रही है तथा यह सब वैज्ञानिक दृष्टिकोण से भी तर्कसंगत प्रमाणित हो रहा है। इसी अवधारणा को परिलक्षित करते हुए इस उपन्यास की रचना की गई है।

इस को लिखते समय इस प्रकार के लेखन की कोशिश की गई है कि यह उपन्यास पाठक को सर्वदा सत्य ही प्रतीत हो। उपन्यास के बहुत से पात्र, सत्य होते हुए भी काल्पनिक हैं तथा काल्पनिक होते हुए भी सत्य। इस उपन्यास के लेखन का का उद्देश्य किसी की भी व्यक्तिगत भावनाओं को ठेस पहुंचाना नहीं है बल्कि इसके रचनात्मक लेखन से पाठक को एक प्रकार के रचनात्मक भ्रम जाल में उलझा कर एक विश्वसनीय सत्य से अवगत करवाना है। इस उपन्यास के किसी भी पात्र का किसी भी जीवित अथवा मृत व्यक्ति के व्यक्तित्व अथवा भावनाओं से किसी भी प्रकार का सम्बन्ध नहीं है। इस की रचना का उद्देश्य केवल व्यक्तिगत मनोरंजन के साथ परालौकिक विचारधारा से संबंधित विश्वसनीय तथ्यों से परिचय करवाना ही है। पढ़ते समय कुछ पाठकों की भावनाएं उद्वेलित हो सकती हैं जिसके लिए लेखक क्षमाप्रार्थी है। अपनी बहुमूल्य राय से अवश्य ही अवगत करें।

- राज ऋषि शर्मा

पावती (स्वीकृति)

पावती (स्वीकृति)

राज ऋषि शर्मा

1

पल भर की छाँव

पल भर की छाँव

यह अविश्वसनीय किन्तु सत्य है । इतना मनोरम दृश्य ! केवल कल्पना में ही देख सकते हैं। कितना सुन्दर ! कितना लुभावना ! कितना माधुर्य लिए हुए ! कितना नयनों को शीतलता प्रदान करने वाला ! जो भी देखने में सक्षम हो बस सम्मोहित सा ही हो जाए !

हर ओर रंग-बिरंगे तरह-तरह के सुगंध बिखेरते हुए फूल ! बर्फ से बोझिल हुए हिमाच्छादित पर्वत ! उन के आगोश में फैली हुई नयनाभिराम हरियाली ! इस सब को और भी स्निग्धता प्रदान करता हुआ स्वर्गीय वातावरण! मन मंत्रमुग्ध हो जाए।

उस सबके बीच अठखेलियां करती हुई तरह-तरह की रंग-बिरंगी तितलियां तथा भंवरों का गुंजन। उस रचयिता की कलाकारी का अद्‌भुत दृष्टांत। एक अनुपम ही छवि प्रस्तुत हो रही थी।

इस प्रकार के अलौकिक वातावरण से दूर भी कुछ ऐसा था। जिस का कि उस से संबद्ध होने के उपरान्त भी इस समय शायद कोई सम्बन्ध नहीं था। कोई भी सम्बन्ध प्रतीत नहीं हो रहा था।

बहुत से लोग वहां पर इकट्‌ठा हुए थे। सभी की आँखें अश्रुपूरित थीं। कई लोगों की आंखों से अविरल अश्रूधारा बह रही थी, तो बहुत से लोग

ऐसे ही शोकाकुल अवस्था में भी खड़े थे। कुछ लोग जोर जोर से चिल्लाते हुए विलाप भी कर रहे थे। उनके बीच में एक निर्जीव मृत देह रखी हुई थी। जिसकी कि सभी उचित विधि-विधान से दाह संस्कार की तैयारी कर रहे थे।

उसके अधरों पर एक स्निग्ध सी मुस्कान व्याप्त थीं। मानो उस का कोई भी सम्बन्ध उस मृत देह से नहीं था। ऐसा लग रहा था कि उस दृश्य के साथ उसका बहुत गहरा संबंध होते हुए भी कोई भी सम्बन्ध नहीं था। वह केवल अपने वर्तमान से ही संबंधित था।

सामने उसके कुछ मित्र खड़े थे। बचपन के वो मित्र, जिन्हें कि वह धीरे-धीरे एक एक कर के अपने अब तक के जीवन काल में खो चुका था।

इस समय उसकी आयु लगभग ६५ वर्ष की थी। आयु का ध्यान आते ही उसकी दृष्टि फिर भौतिक लोक में अपनी मृत पड़ी देह के साथ हो रहे क्रियाकलाप की ओर चली गई। वह पहचानने में लग गया कि वहां पर खड़े सब विलाप कर रहे लोग कौन कौन से हैं? उन सब का उस के साथ क्या क्या सम्बन्ध है ? ध्यान से देखने के बाद उसे कुछ लोगों की आंखों से अविरल बहती हुई अश्रुधारा भी दिखाई देने लगी। जिस ने उसे बहुत ही विचलित कर दिया। कई लोगों का रुदन तो इतना हृदयविदारक था कि उस से पत्थर दिल लोगों के हृदय भी पिघल रहे थे और उनकी आंखें भी भीग आई थीं। इस सब को देख कर उसे वह सब कुछ भी महसूस होने लगा था जिससे कि पल भर के लिए भी उसका कोई भी नाता नहीं लग रहा था। उन सब लोगों का दुख दर्द उसे अपने हृदय में उतरा सा प्रतीत होने लगा। इस सब से उसे बहुत ही कष्ट होने लगा और वह नीचे की और खींचने सा लगा।

अभी कुछ देर पहले वह जिस स्वर्गीय वातावरण में आत्मविभोर सा खड़ा था। वह दृश्य, वह पल, वो सब उसे अपने से दूर जाते हुए से लगने लगे। वह उसके बचपन के मित्र, जो कुछ देर पहले उसके समक्ष खड़े उस से बातें कर रहे थे, मुस्करा रहे थे, वो सब उसे अपने पास से बहुत दूर, बहुत दूर जाते हुए दिखाई देने लगे।

उसे धीरे-धीरे सब याद आता जा रहा था। इसके साथ ही उसे अपनी वास्तविक स्थिति का भी आभास होने लगा। उसे सब स्मरण हो आया

कि उसकी तो मृत्यु हो चुकी है। कब हुई थी उसकी मृत्यु? कैसे हुई थी? उसे सब याद आने लगा !

वह कुछ दिनों से बहुत बीमार चल रहा था। उसके सज्जन मित्र उससे मिलने आते रहते थे। उसका कुशलक्षेम पूछते, दिलासा देते और चले जाते। उसके परिवार के सभी सदस्य उसके आस-पास ही रहते थे। उसे इस बात का आभास हो गया था कि अब उसका अंतिम समय समीप आ गया है। अब उसे इस नश्वर देह को भूलोक में छोड़ कर सदा सदा के लिए इहलोक में चले जाना है।

यह सब देखने वाले को भी इस बात से आभासित हो जाता था कि उस के चेहरे या व्यवहार से किसी भी दुःख-पीड़ा या किसी अतृप्ती की झलक नहीं मिलती थी।

वह एक आध्यात्मिक पुरुष था। उसकी सोच बहुत ही परिष्कृत थी। उसने शायद ही अपने जीवन में कभी भी किसी का बुरा चाहा या बुरा किया हो। उसने सदैव ही हर किसी का अच्छा ही सोचा, भला ही किया था। उसका जीवन का एकमात्र लक्ष्य भी यही था कि इस दुनिया में आए हो तो अच्छे कार्य के लिए ही आए हो। इस लिए सदैव अच्छा ही कार्य करो। आपको उस परमात्मा ने भेजा है और इस लिए आपका लक्ष्य सदैव सब की भलाई के लिए ही अपने आप को उत्सर्ग कर देना होना चाहिए। इसी कारण हर कार्य उस का निरपेक्ष भाव से परमार्थ ही होता था।

वह एक सात्विक वृत्ति का आध्यात्मिक पुरुष था। इसलिए जैसा कि हम सोचते भी हैं, ऐसे व्यक्ति उस परम पिता परमेश्वर के बहुत समीप होते हैं। उन्हें बहुत सी घटनाओं का पूर्वाभास हो जाता है। यहां तक कि उन्हें अपनी मृत्यु तक का भी बहुत पहले से ही आभास हो जाता है। यह भी कहा जा सकता है कि ऐसे महापुरुष तो इच्छा मृत्यु को प्राप्त होते हैं।

उस के विचार थे भी ठीक उसी प्रकार के जैसे कि किसी साधु सन्यासी या योगी पुरुष के होते है। जिन्हें ब्रह्म का ज्ञान हो जाता है। जिन्हें किसी भी प्रकार की मोह माया नहीं रहती।

उसको इस बात का आभास हो चुका था कि अब उसे इस देह को छोड़ कर जाना ही है। उसने अपने स्वजनों से साधू सन्यासियों या ज्ञानी पुरुषों की तरह कह दिया था कि उसकी मृत्यु पर किसी भी प्रकार का दुःख या

शौक न किया जाए। आवश्यक क्रियाकलाप करने के पश्चात सामान्य दिनचर्या में व्यस्त हो जाएं। किसी भी प्रकार के पाखंड, अंधविश्वास या अनौपचारिक कर्मकाण्ड न किए जाएँ। अपने बच्चों से भी उसने यही कह दिया था कि उसने अपने जीवन में सभी आवश्यक कार्य, मर्यादाएं व दायित्वों का सफलतापूर्वक निर्वाह कर दिया है। अतः उसके परागमन के दिवस को शोकाकुल हो कर नहीं बल्कि प्रसन्नता पूर्वक आनंद व हर्षोल्लास से मनाया जाए।

वह इस समय अपनी मृत देह के समीप ही खड़ा था। वह सभी को देख पा रहा था। किन्तु उसे शायद वहाँ पर कोई भी नहीं देख पा रहा था। वह अपने परिचितों से जिन से उसे अपने जीवन काल में बहुत मोह रहा था। उन्हें रोता तथा विलाप करता हुआ देख रहा था। इससे उसे बहुत ही मानसिक सन्ताप हो रहा था। वह सोच रहा था कि मैंने इन्हें समझाया भी था कि मेरी मृत्यु पर कोई भी शौक नहीं करना है। मेरे मरने पर किसी भी प्रकार का विलाप करना या रोना नहीं है। मैंने अपने जीवन काल में सभी कर्तव्यों का निर्वाह करते हुए एक सफल जीवन जिया है। इसलिए मेरे मरने के उपरान्त आप सभी को किसी भी प्रकार का कोई भी शौक संताप नहीं करना है। फिर मेरे इतना कहने के उपरान्त भी यह सब ऐसा क्यों कर रहे हैं ?

सहसा ही उसकी दृष्टि उमेश पर पड़ी। उमेश उसके रिश्ते का भाई था। उसे उसके साथ व्यतीत किए गए कुल पल याद आने लगे। उमेश उससे आयु में दो तीन माह ही छोटा था। वो दोनों बचपन से इकट्ठा ही खेलते पढ़ते युवा हुए थे। उमेश शहर में रहता था तो वह गांव में रहता था। उसे याद आ रहा था। एक बार की बात है। उमेश उनके घर आया हुआ था, गांव में। उसने उमेश से नहर में नहाने की योजना बनाई तथा दोनों ही नहर में नहाने के लिए चले गए। साथ में उन्होंने अपने एक दो दोस्तों को भी ले लिया। जब सभी मिल कर नहर में नहाने लगे तो उसने उमेश से पूछा था कि क्या उसे नहर में तैरना आता है, तो उमेश ने कहा था, हाँ ! वह तो अक्सर नहर में स्नान करता ही रहता था, किन्तु उमेश शहर का रहने वाला था। मालूम नहीं था कि उसे नहर में तैरना आता भी है या नहीं। इसलिए उससे पूछ लिया और उसने कहा कि थोड़ा थोड़ा आता है

तो वो आश्वस्त हो गया। अब वो दोनों और उसके मित्र नहर में नहाने लगे। नहाते नहाते ही सभी मित्रों ने नहर को तैर कर पार करने की सोची। उमेश से भी पूछा। वह भी तैयार हो गया। तब सभी ने नहर में छलांग लगाई और नहर को तैर कर पार कर लिया। फिर तैर कर ही वो सब मित्र वापस भी आ गए। इसी प्रकार वो सब बहुत देर तक साथ साथ नहर में नहाते रहे। तभी उमेश के मन में एक विचार आया था। उसने उमेश से कहा था कि चलो अब नहर के बीचों बीच तैरते हुए चलते हैं। सामने जो पुल दिखाई दे रहा है उसके बीच में दिखाई दे रहे स्तम्भ को पकड़ कर पुल के ऊपर चढ़ जाएंगे तथा फिर वापस आ जाएंगे। उमेश भी मान गया और दोनों नहर के मध्य में ही तैरते हुए सामने लगभग २०० फुट दूर स्तम्भ की और बढ़ने लगे। कुछ ही देर में दोनों निर्धारित स्थान पर पहुँच भी गए। इसी मध्य वह आगे बढ़ा और उसने लपक कर स्तम्भ को पकड़ लिया। किन्तु उमेश से वो स्तम्भ नहीं पकड़ा गया और वह घबरा गया। जब उसने यह सब देखा तो उस ने भी स्तम्भ को छोड़ दिया और उमेश की और बढ़ने लगा ताकि उसे थोड़ा सहारा मिले। वह कह भी रहा था कि उसे थोड़ा थोड़ा ही तैरना आता है। किन्तु इससे सब कुछ गढबढ हो गया। जैसे ही वह उमेश के समीप पहुँचा, उमेश ने तब आव देखा न ताव लपक कर उसके समीप आया और लपक कर उसे पकड़ लिया।

बस फिर क्या था, दोनों ही नहर में डूबते लगे । कहते हैं कि मारने वाले से बचाने वाला बहुत बड़ा होता है। ज्यों ही वह उमेश के साथ डूबने लगा तो नहर में डूबते डूबते ही वह नहर के तल के साथ टकराया और इसके साथ ही वो दोनों स्वयमेव ही उछल कर सतह के ऊपर आ गए। बस, जैसे ही वो सतह के ऊपर आए तो उसने घबरा कर इधर-उधर हाथ पाँव मारने शुरू कर दिए। इसी प्रयास में ही उसका हाथ किनारे पर उग आई कुछ झाड़ियों पर पड़ गया। अब उमेश तो उसके साथ लिपटा हुआ ही था। अतः दोनों ही सुरक्षित बच गए। सोचते सोचते उसके अधरों पर एक स्निग्ध सी उभर आई।

2

सोचते सोचते सहसा ही वह वर्तमान से बहुत पीछे भूतकाल में चला गया। एक छोटा-सा बालक टहल रहा है। एक कुर्ता सा पहना हुआ है। सर पर नाम-मात्र के बाल हैं। हाथों में छोटे-छोटे कंकर से लिए हुए हैं। न जाने किस सोच विचार में निमग्न है।

लवी ! हां ! लवी ही तो नाम था इस बालक का। बहुत प्यारा सा मासूम ! सभी प्यार से उसे लवी ही कहते थे।

वह एक प्यारा सा गांव था। जहां वह रहते थे। लवी के माता-पिता अपनी नौकरी के सिलसिले में वहां रहते थे। वह सब ही उसे याद आने लगा था। घर के पास एक तालाब था। उसके साथ ही एक शिव जी का मंदिर। खेलने के लिए अधिक बच्चों का साथ नहीं था। अपनी ही दुनिया थी या फिर साथ में ही एक अन्य किरायेदार, सरकारी अधिकारी रहा करते थे। उनके बच्चे थे। वह एक सरदार परिवार था। बहुत ही अच्छा परिवार था। वह पुलिस के महकमे में कोतवाल थे। उस परिवार का तथा उसके माता पिता का अच्छा मेल-मिलाप था। यह दोनों परिवार आपस में मिलजुल कर रहते थे। उनके तीन लड़कियाँ थीं। एक शायद उसकी हम उम्र थी तथा दो उससे कुछ बढ़ी थीं। बस यही उन बच्चों की दुनिया थी। सुबह, दोपहर, शाम, रात इकट्ठा रहना, साथ-साथ खेलना।

बस यूं ही समय व्यतीत होता चला गया। इसके आगे उसने कुछ ओर याद करने की कोशिश भी नहीं की। स्वयं ही उसे यह भी याद आने लगा। उनके घर से लगभग आधा किलोमीटर दूर एक प्राचीन राज महल के खंडहर थे। जिसके आगे एक छोटा-सा मैदान था। कभी कभी खेलने

के लिए वह सभी बच्चे वहां भी चले जाया करते थे। वहाँ तक के रास्ते के बीच में कुछ दुकानें थीं। मध्य में ही कोतवाली भी थी। यह रास्ता वहां तक जाने के लिए थोडा लम्बा पड़ता था। इसलिए वे सब उधर से निकल कर मैदान तक नहीं जाते थे। अधिकतर घर में ही खेलते थे या फिर कभी-कभार तालाब के किनारे छोटे से मंदिर में भी खेल लिया करते थे। किन्तु तालाब से वह सब थोड़ा डरते थे क्योंकि तालाब बहुत गहरा था तथा उसके विषय में कभी कभी कुछ कहानियां भी सुनने को मिल जाया करती थीं। इसी लिए वो सभी उस ओर जाने से कुछ डरते भी थे। इसी प्रकार समय का पंछी पंख लगा कर उड़ता चला गया। वह समय भी निकल गया।

कुछ याद करने का प्रयास करते हुए उसने ज्यों ही अपनी आँखें बंद कीं , सामने का दृश्य बदल गया। उसे फिर अपने वही मित्र दिखाई देने लगे जो उसके जीवनकाल में उससे बिछुड़ चुके थे। लेकिन अब वह सभी बहुत दूर थे। बहुत ही दूर । स्पष्ट रूप से दिखाई भी नहीं दे रहे थे। वो सभी उसे हसरत भरी नज़रों से देख रहे थे। अपने पास आने के लिए संकेत भी कर रहे थे। किन्तु उसे उन के पास जाने के लिए समझ ही नहीं रहा था कि क्या किया जाए ? कैसे जाया जाए ? वह अपने आप को अब भी शमशान भूमि में अपनी मृत देह के पास ही खड़ा पा रहा था। इस समय इस सब से दूर जाना चाहते हुए भी वह ऐसा कुछ कर नहीं पा रहा था। अपने रोते बिलखते हुए मित्रों सम्बन्धियों से चाहते हुए भी वह दूर नहीं हो पा रहा था। उसे कुछ आश्चर्य सा भी हो रहा था कि पहले कैसे वह इस सब से, इस मोह माया से इतनी दूर चला गया था !अब उसे क्या हो गया है ? अब क्यों नहीं वह इन सभी से दूर हो पा रहा !

गोपाल शर्मा, कुलदीप सिंह, किशोर कुमार, आकाश, अमरीक सिंह और मोहन लाल ! सभी उसके बचपन के साथी थे। जो कि समय समय पर उस से अलग हो चुके थे। कोई बहुत पहले तो कोई कुछ देर पश्चात पर-लोक सिधार चुके थे। उन में से बहुत से मित्र उसे वहाँ पर खड़े दिखाई दिए थे। उन से कुछ दूर अन्य भी बहुत से लोग थे। जिन्हें वह दूर से पहचान भी नहीं पाया था। कुछ बुजुर्ग, तो कुछ कम उम्र के थे। उसके हम उम्र तथा प्रिय मित्र तो आरम्भ में ही उसका स्वागत करते हुए दिखाई

दिए थे और उस के पास चले आए थे। उनका स्मरण मात्र करने से ही उन सब के चेहरे उसे स्पष्ट अपने सम्मुख दिखाई देने लगे।

गोपाल, आकाश, कुलदीप सिंह, यह सब मनु, के सहपाठी थे तथा किशोर, अमरीक सिंह उससे पिछली कक्षा में पढ़ते थे। यह सभी एक ही स्कूल में पढ़ते थे। मनु, बचपन से ही इन सब के साथ रहा था। खेल कूद में तथा पढ़ाई लिखाई में भी। हर समय का उन का साथ रहा था। विद्यार्थी जीवन से लेकर यौवनावस्था में बहुत सारी गतिविधियों तक में सम्मिलित।

उसी प्रकार किशोर कुमार मनु का पड़ोसी होने के साथ साथ ही उसका सम्बन्धी भी था। अमरीक सिंह सरदार था। वो भी मनु के पड़ोस में ही रहता था तथा उसके साथ भी मनु का साथ भी बहुत था। कुलदीप सिंह तथा आकाश थोड़ा दूर दूर रहते थे। किन्तु इस पर भी उन सभी का आपस में बहुत मेल-मिलाप था।

गोपाल भी उसी गांव का था। उसके माता पिता पंडित थे तथा वो पूजा पाठ, शादी विवाह व अन्य दूसरे काम किया करते थे जो कि हिन्दू समाज में पंडित लोग आमतौर पर किया करते हैं। इसीलिए, वैसे तो गोपाल अभी स्कूल में पढ़ ही रहा था, किन्तु साथ साथ ही वो अपना पारिवारिक कार्य पंडिताई का भी कर लिया करता था।

गोपाल उस समय अपनी स्कूल की पढ़ाई समाप्त कर चुका था। इसके साथ हीउसे पशु चिकित्सा विभाग में नौकरी मिल गई थी। फिर उसके माता पिता ने उसके व्यस्क हो जाने पर उसकी शादी कर दी। उसके एक बेटा तथा एक बेटी उत्पन्न हुए। परिवार में हर प्रकार से खुशहाली थी। किंतु कब किसी के साथ जीवन में क्या हो जाए इसके बारे में कुछ भी नहीं कहा जा सकता। एक दिन ऐसा हुआ कि सहसा से ही वह बीमार हो गया। बहुत चिकित्सा करवाई गई। किन्तु इसका कोई भी लाभ नहीं हो सका। उसके स्वास्थ में कोई भी सुधार नहीं हो पाया और फिर एक दिन वह अपने परिवार तथा सभी संगी साथियों व सम्बन्धियों को इस दुनिया में रोते बिलखते छोड़ कर इस दुनिया से चला गया।

इसी प्रकार किशोर को भी अपनी पढ़ाई समाप्त करने के पश्चात अध्यापक की नौकरी मिल गई। उसकी भी शादी हो गई थी। उसके घर

एक बेटे तथा एक बेटी ने जन्म लिया। वह भी हँसी खुशी अपना जीवन यापन करने लगा। उसका जीवन भी हर प्रकार से खुशहाल था। किन्तु उसके साथ भी गोपाल की तरह ही एक दुर्घटना हो गई। एक दिन जब वह स्कूल गया हुआ था कि वहीं पर बीमार हो गया। तुरन्त ही उसे हॉस्पिटल ले जाया गया और दाखिल करवा दिया गया। किन्तु वह भी अधिक दिन तक जीवित नहीं रह सका और शीघ्र ही उसने भी इस दुनिया से विदाई ले ली।

उसका तीसरा साथी था अमरीक सिंह। अमरीक सिंह ने पढ़ाई के बाद अपनी गाड़ी ले ली तथा ट्रांसपोर्ट का बिज़नेस करने लगा। उसने भी समय आने पर शादी कर ली तथा आनंद पूर्वक अपना जीवन यापन करने लगा । क्छ समय उपरान्त उसके घर दो बेटे उत्पन्न हुए और वह भी अपने परिवार के साथ अच्छा समय व्यतीत कर रहा था। किन्तु उसने भी अपने दोनों साथियों की तरह थोड़ा ही समय अपने परिवार के साथ व्यतीत किया था और एक दिन वह भी बीमार हो कर सदा सदा के लिए इस दुनिया से चला गया।

किन्तु कुलदीप सिंह इन सब से बहुत पहले ही बहुत शीघ्र ही इस दुनिया से चला गया। उसने अभी शादी भी नहीं की थी कि एक दिन अपने घर के ही ट्रक में ड्राईवर के साथ श्रीनगर जाते समय मार्ग में सड़क दुर्घटना का शिकार हो जाने से वह भी इस दुनिया से सदैव के लिए चल बसा।

आज उन सब को बहुत देर के बाद एक साथ देख कर बहुत ही प्रसन्नता हो रही थी। किशोर कुमार, गोपाल शर्मा से लेकर अमरीक सिंह के साथ लुकाछिपी के खेल, कंचे खेलने से लेकर कबड्डी खेलना। बहुत देर तक नहर के किनारे सड़क पर टहलना। तालाब में तैराकी का सीखना तथा बहुत देर तक नहर के ठंडे पानी के तेज़ बहाव में नहाना। सब कुछ एक एक कर के किसी चल-चित्र की तस्वीरों की भांती आंखों के सम्मुख दृष्टि में तैरता चला जा रहा था। सब कुछ आंखों के सामने दृष्टि के सम्मुख ऐसे चित्रित होते हुए तैरता जा रहा था मानों सब कुछ वर्तमान में ही उसके सामने घटित हो रहा हो। फिर भी इसके साथ ही इस बात का भी उसे एहसास बना हुआ ही था कि इस समय भी वो इस लोक से

उन मित्रों से दूर है। दूर यहां कुछ देर पहले वो था और अब चाहते हुए भी उन के साथ सम्मलित नहीं हो पा रहा है। उन के समक्ष भी पहुँच नहीं पा रहा है। एक निराशा पूर्ण से आभास ने फिर उसे दुःख के अथाह सागर में पहुंचा दिया। वह स्पष्ट देख रहा था । यहां उसकी मृत देह रखी हुई थी। वह इसे भी देख रहा था तथा इसके साथ ही अपने अस्तित्व को भी महसूस कर रहा था।

यह सब देख कर उसे कुछ कौतूहल सा भी हो रहा था। चाहते न चाहते हुए भी वह उस सब को देखने के लिए बाधित था। उसे एक प्रकार की तंद्रा भी महसूस हो रही थी। आसमान साफ था। धूप थी, किन्तु उसे धूप लग नहीं रही थी। फिर भी उस का मन चाहा कि वह सामने के वृक्ष के नीचे चला जाए। वह जैसे ही वृक्ष की और जाने के लिए घूमा, बस चाहने भर से ही वह वृक्ष के नीचे पहुंच गया। फिर चाहने भर से ही वह वृक्ष के ऊपर भी पहुंच गया और वृक्ष की एक डाल पर आराम से बैठ भी गया। वहीं पर बैठे हुए ही वह आराम से सामने होती हुई सारी कार्यवाही देखने लगा। नियमित रूप से निर्धारित कार्यवाही चल रही थी। उसके परिवार के सदस्य एक विद्वान पंडित या पुरोहित के निर्देशानुसार कार्य कर रहे थे और वह इस सारी कार्यवाही को पूर्ण तन्मयता से देख रहा था।

कुछ ही देर में शायद सारी उचित व निर्धारित कार्यवाही पूर्ण हो गई थी। फिर उसके मृत शरीर को इकट्ठा की हुई लकड़ीयों पर लिटा दिया गया। उसके बाद उस पर कुछ ओर लकड़ियों रख दी गई तथा कुछ देर मंत्रोच्चारण के बाद उस लकड़ियों के ढेर से ढकी हुई मृत देह को अग्नि दे दी गई।

अब उस से वहां रुका नहीं जा रहा था। उस अग्नि से दूर होते हुए भी उसे अग्नि की कुछ तपिश सी महसूस हो रही थी। अब वह इस सब से दूर हो जाना चाहता था। उस ने दूर हो जाने का प्रयास किया और सफल भी हो गया। वह उस सब से दूर चला गया। किन्तु अधिक दूर नहीं जा सका। वहीं छाया में ही जा कर वह लेट गया और सुस्ताने सा लगा। हालांकि वह इस गर्मी सर्दी, धूप छाया, भूख प्यास या थकान के एहसास से बहुत दूर था। फिर भी अपने जीवन काल में अपनी आदत व अनुभव से अभ्यस्त होने के कारण बहुत कुछ स्वयमेव ही उसे महसूस हो रहा था।

3

रात होने को थी। अब फिर उसे उन क्षणों का अनुभव व स्मरण होने लगा जिनका अपने पूर्व परिचित मित्रों के साथ हुआ था। अब वह फिर से उनके पास जाना चाहता था। किन्तु इसमें वह सफल नहीं हो पाया। सिर्फ़ उस सब को स्मरण कर के ही रह गया।

रात होने पर सारा परिवार छत पर तारों की छाँव में सोया करता था। टिमटिमाते हुए तारे। रह रह कर टूटते तारे। आसमान में कोई कोई तारा बिल्कुल अपने समीप ही लगता। कोई टूटा तो लगता मानों यहीं कहीं पास में ही गिर रहा है। पर कभी पास गिरा नहीं। कहां गिरा होगा? कैसा दिखता होगा? कितना बड़ा होगा? मन की सारी उत्सुकता मन में ही रह जाती। न जाने उनके गिरने पर कितनी ही दुआएं मांगी जाती। फिर कौन-सी इनमें से पूर्ण होने की दुआ कबूल होती इस का स्मरण किसी को भी कहां रहता। कभी कभी इसी बीच आसमान में चलता हुआ रॉकेट भी दिखाई दे जाता। कोई बहुत ही तीव्र गति से चल रहा होता तो कोई बहुत ही धीमी गति से। सब अनुमान ही लगाते रहते। यह रॉकेट कैसा होता है? क्या इसमें कोई आदमी भी बैठा होता है? इसी प्रकार सोचते सोचते जब कभी इस मनोरंजन से मन उचाट हो जाता तो फिर बीच-बीच में दिन भर में हुई घटनाओं दुर्घटनाओं की समीक्षा शुरू हो जाती या फिर एक दूसरे को कहानियां सुनने सुनाने का सिलसिला शुरू हो जाता। इसी प्रकार बातें करते हुए ही फिर कब नींद के आगोश में चले जाते, किसे मालूम होता?

इसी प्रकार से विचारों के हवाई झोंके चलते रहे। इसके पीछे जाने पर उसे एक लगभग छहः साल का बच्चा दिखाई देने लगा। वह ध्यान

से उसे देखने लगा। बहुत अपना सा लग रहा था। बहुत मासूम ! घर आँगन में दूसरे बच्चों से खेलते हुए। दोपहर का समय था। सभी गली मोहल्ले के सँगी साथी गांव के बीचों बीच बहती हुई ठंडी शीतल जल धारा में नहाने लगते। गर्मियों का मौसम। नहाते नहाते कब शाम हो जाती उन्हें पता ही नहीं चलता। इस बीच रोटी खानी है या कुछ जल-पान भी करना है या नहीं, इस सब की कभी किसी को कोई चिंता ही नहीं होती। फिर समय मिलने पर बाग़ में जा कर लुकाठ के पेढों पर चढ़ कर लुकाठ खाना या आम के वृक्ष पर से चुन चुन कर आम को पत्थर मार कर नीचे गिराना और उन्हें चूस चूस कर खाना। इसके अतिरिक्त अन्य बहुत से भी फल थे, शहतूत, जामुन, गरने, फालसे, पकवाढे, संतरे, बेर ! न जाने कितनी ही प्रकार के फल होते थे उन दिनों। यही तो दिनचर्या होती थी उस सारी मित्र मंडली की। सभी गली मोहल्ले के बच्चे। लड़के लड़कियां। जब भी अवसर मिलता शुरू हो जाते। जो भी खेल मन में आया खेलने लगते। पकड़म-पकड़ाई ! लुकाछिपी । गिल्ली डंडा ! कंचे ! गोल डिबिया या टायर का चक्कर चलाना ! किसी भी प्रकार का भेद भाव नहीं था उन सब में। लड़ाई-झगड़ा नाम मात्र का ही होता था। थोड़ा बहुत हो भी जाता तो कुछ ही दिनों में फिर किसी न किसी खेल में एकता हो जाती। हाँ ! कट्टी-बट्टी का हो जाना चलता ही रहता था। पर उस में भी कुछ ही दिनों में सुलह हो जाती थी। स्कूल की तो कोई चिंता ही नहीं होती थी उन दिनों। स्कूल जाने पर जो घर का थोड़ा बहुत काम मिलता था, वो या तो स्कूल में ही समय निकाल कर पूरा कर लिया जाता या फिर घर आकर रोटी खाने के तुरंत बाद कर लिया जाता और उससे चिंता मुक्त हो जाते।

वैसे खेलों की तो स्कूल में भी किसी प्रकार की कोई कमी नहीं हुआ करती थी। फुटबाल से लेकर बाली बाल तथा कबड्डी तक। यहां जो भी खेल मिला बस खेल लिया करते। जहाज़ भी चलाए । साइकिल भी चलाना भी सीख लिया। चिंता की तो कोई बात ही नहीं होती थी। केवल थोड़ा सा डर होता था अध्यापक का। थोड़ा नहीं बहुत अधिक। पर पाठ याद किया हो या घर का काम पूरा कर लिया होता तो फिर उसकी भी कोई चिंता नहीं होती थी।

सोचते सोचते कब कहाँ से कहाँ पहुँच गया वह कुछ पता नहीं चला। ऐसा लग रहा था, लग नहीं रहा था बल्कि ऐसा ही था। सब कुछ सोचने भर से ही हो रहा है।

वो कहानियों की किताबें पढ़ना। पढ़ते पढ़ते खेलने का ध्यान आ जाता तो किताबें बंद करके फिर खेलने निकल जाना। वो इँटों के भट्ठे पर यहां ईंटें बनाई जाती थीं उस ओर भी निकल जाते थे। माल-मवेशी को लेकर। यहां सभी मित्र साथी उन पशुओं को चराने के लिए ले जाते तथा फिर मिल कर छोटे छोटे बन आए पानी के खड्डों में भर आए पानी में नहाने लगते। पानी गर्म होता। किन्तु जो उसमें नहाने का आनंद मिलता वो पानी की या मौसम की गर्मी के सामने कुछ भी नहीं होता। नहाने के उपरान्त फिर छाया में खड़े हो कर शरीर को सूखा लेते।फिर भी शरीर में कहीं मिट्टी लगी रह ही जाती थी जो कि घर वापिस लौटने से पहले नहर के पानी से साफ़ कर ली जाती थी।

विचार अपनी गति से चलायमान थे। अब इस समय उसे काम तो कोई था नहीं। बस दिन भर घर में आ जा रहे साथ संबंधियों को या घर में हो रही गतिविधिओं को मूक दर्शक की भाँति निहारते रहना। इस कारण उसका ध्यान बार बार अपने पूर्व जीवन की यादों या दृश्यों में खो जाता। जैसे जैसे यादों की दृश्यावली आँखों के चित्रपट पर से गुजरती जा रही थी वैसे वैसे ही आयु भी उस के साथ साथ ही पीछे की ओर निकलती जा रही थी। युवावस्था आ गई। स्कूल से निकल कर कॉलेज में प्रवेश हो गया। नए नए मित्र बनने लगे। पुराने कौन कौन से मित्र कब बिछुड़ गए उन के सब के चेहरे स्मृतिपटल पर लहराने लगे। गांव में, खेत खलिहानों में, बाग-बगीचों में साथ साथ खेलने वाले। साथ साथ स्कूल में पढ़ने वाले। सब याद आते जा रहे थे। उनके साथ बीता हुआ ज़िंदगी का हर एक लम्हा।

वो नदी नाले, वो हरियाली, वो मैदान तथा वो जंगल। सभी कुछ तो रह रह कर आँखों के सामने तैरता जा रहा था। वो ठंडी हवाएँ, वो बारिश और उसमें छपा-छप नहाना, मचलना। न जाने क्यों सब बीता हुआ एक चलचित्र की तस्वीरों की भांति दृष्टि के सम्मुख दृष्टिगोचर हो रहा था।

बस फिर जैसे जैसे समय बीतता गया सभी की यादें भी धूमल पड़ती चली गईं। नई दृश्यावली सामने आने लगी। कॉलेज के साथी एक एक कर के दृश्यपटल पर उभरने लगे। उनके साथ बिताए हुए लम्हे। जीवन का वो महत्वपूर्ण पड़ाव यहां भविष्य के सपने संजोये जाते हैं। बहुत कुछ याद आता जा रहा था। उनके साथ ही कॉलेज के अन्य संगी-साथी तथा प्रोफ़ेसर इत्यादि।

कभी बचपन की कोई घटना मस्तिष्क के चित्रपट पर उभर रही थी तो कभी स्कूल कॉलेज की। यादों की रेलगाड़ी रुकने का नाम ही नहीं ले रही थी। वैसे भी ऐसे समय में यादें ही तो होती हैं इंसान के पास। धीरे धीरे वो भी समय के साथ साथ पीछे छूटते चली जाती हैं। किन्तु इसके साथ ही जब वर्तमान में उसे अपनी स्थिति का एहसास होने लगता तो उसे अपने दूसरे लोक में पहुंच जाते का स्मरण हो आता एवं अपने सभी दिवंगत साथियों का ध्यान हो आया और उन सभी के चेहरे दृष्टि के सम्मुख दिखाई देने लगते।

बचपन की तथा समय की गतिविधियों को देखते हुए ही वह अपने घर पहुँच गया। शोक संतप्त परिवार ! उसे यह सब कुछ अच्छा नहीं लगा। इन्हें कितना समझाया भी था कि किसी भी प्रकार का दुःख नहीं करना है। कोई रोना या किसी प्रकार का आडम्बर नहीं करना है। यह फिर उसी तरह दुखी हैं जिस के लिए इन्हें मना किया था। यह स्वाभाविक है। ऐसा विचार आते ही उसके अधरों पर एक शून्य सी मुस्कान तैर गई।

अब उसे यहां पर कुछ कष्ट सा महसूस हो रहा था। भूख प्यास का तो उसे एहसास था नहीं। यहां तक कि उसे सर्दी गर्मी का भी इस समय कोई एहसास नहीं हो रहा था। यहां पर तो किसी भी प्रकार का आभास सोचने भर से ही उसे हो जाता था। ऐसे कुछ भी नहीं। स्पष्ट शब्दों में यदि कहा जाए तो यहां उसे एक प्रकार की शिथिलता तथा छटपटाहट सी अनुभव हो रही थी। यहां इन परिस्थितियों से दूर भाग जाना चाहते हुए भी वह इन सब से एक तरह के मोह के धागे से बंधा हुआ था। इन सब को छोड़ कर दूर चले जाना भी उसे अपने बस में नहीं लग रहा था। यह सारे सज्जन सम्बन्धी उसके अपने ही तो थे। उनके साथ उसने अपने जीवन का बहुमूल्य समय बिताया हुआ था। वह यह सब छोड़ कर यहां

से जाना चाहता था, किन्तु जा नहीं पा रहा था। उस का उन सब के प्रति लगाव उसे वहाँ से जाने नहीं दे रहा था। उन सब से सम्बन्ध ही ऐसे थे। मोहमाया का बंधन। आखिर वो सब उस के अपने ही तो थे।

समय व्यतीत हो रहा था। उसे नहीं सूझ रहा था कि वह क्या करे। कुछ लोग बैठे आपस में बातें कर रहे थे। कुछ इधर-उधर की तो कुछ उसी के विषय में। कुछ सारी कार्यवाही से थक कर ऊंघ भी रहे थे। रात करीब करीब व्यतीत हो गई थी। सुबह होने वाली थी। आसपास कुछ सुगबुगाहट सी भी होने लगी थी।

कुछ अजीब सा लगता था। उसे यूँ ही खाली बैठे-बैठे देखते रहना। अपनी इच्छा से तो कुछ भी नहीं कर सकता था। न ही किसी से कोई बात ही कर सकता था वह। न ही किसी से किसी प्रकार का कोई संपर्क ही स्थापित कर सकता था। जो कुछ सामने देख रहा था या अनुभव कर रहा था ऐसा उसने जीवन में कई बार देखा व अनुभव किया था।

उसी क्षण उसे फिर से अनुभव होने लगा कि ऐसे भी मुकाम आते हैं जीवन में। क्या ऐसा भी होता है! क्या वह सच में ही मर गया है? यह सब कैसा अनुभव हो रहा है उसे ! क्या वास्तव में ही मृत्यु के बाद जीवन है जैसा कि हम पढ़ते या सुनते आए हैं? कुछ देर से उसे तरह-तरह के अनुभव तो हो ही रहे हैं। कुछ अलग सा लग भी रहा है कि मरने के बाद भी जीवन होता है।

सोचते सोचते ध्यान उस अवस्था की ओर चला गया जब वह घर में ही अपने कमरे में एक बिस्तर पर पड़ा हुआ था। शांत! खामोश ! किसी गहरे ध्यान में लिप्त। सहसा ही कुछ देर से उसे एक प्रकार की तंद्रा सी महसूस होने लगी थी। उसके चेहरे पर एक प्रकार की तृप्ति के से भाव थे। इस समय कोई भी उसके पास नहीं था। वैसे उसे किसी के साथ होने की इच्छा भी नहीं हो रही थी। न जाने क्यों? जबकि कुछ देर पहले तक तो वह चाहता था कि उस के अपने सभी लोग विशेषता अपने परिवार के सदस्य उसके पास हों। किन्तु अब उस को ऐसी कोई भी चाह नहीं हो रही थी और ऐसा स्वयमेव ही हो भी गया था। बस वह इस समय एकांत और शांति की चाह ही कर रहा था। आँखें धीरे धीरे से बोझिल होने लगी थीं तथा अब वह चिरनिद्रा में लीन हो जाना चाहता था। फिर धीरे-धीरे

से कब वह चिरनिद्रा में लीन हो गया, शायद इसका किसी को भी कुछ मालूम नहीं।

4

कुछ देर से धीमे धीमे हवा के हलके हलके से झोंके से महसूस हो रहे थे। छोटे छोटे से हिचकोले से भी लग रहे थे। ऐसा लग रहा था जैसे कि वो किसी बहुत ही आरामदायक रेलगाड़ी में सोया हुआ हो तथा रेलगाड़ी बहुत ही द्रुत गति से चली जा रही हो। साथ में किसी बहती हुई नदी का सा शोर भी सुनाई दे रहा था। ठीक ऐसा ही लग रहा था जैसेकि किसी नदी के किनारे किनारे या नदी की धारा के मध्य से होती हुई कोई रेल गाड़ी चली जा रही हो। उसने पलकें उठा कर आँखें खोलने का प्रयास किया था किन्तु इसमें सफल नहीं हो पाया था। धीरे धीरे से आँखों की पुतलियाँ उठ रही थीं। एक प्रकार के प्रकाश का सा अनुभव हो रहा था। सफ़ेद सा प्रकाश ! उसे लग रहा था जैसे कि वह किसी यात्रा में है तथा उसकी यात्रा समाप्त हो रही है। वह अपने निर्धारित स्थल पर पहुंचने ही वाला है। उसकी यात्रा समाप्त होने के समीप पहुंच गई है। उसे कुछ कुछ झूले में तैरता हुआ सा प्रतीत होने लगा। सामने से आता हुआ तीव्र प्रकाश बढ़ता ही जा रहा है तथा जैसे जैसे प्रकाश बढ़ रहा था वैसे वैसे ही उसकी चमक भी बढ़ती जा रही है। इसके साथ साथ ही उसे ऐसा भी प्रतीत हो रहा था कि जैसे वह एक लंबी अँधेरी सुरंग से बाहर आता जा रहा है।

कुछ ही क्षणों में वह वहाँ पर पहुँच गया था यहां शायद उसे पहुँचना था। अब उसे ऐसा कुछ भी नहीं लग रहा था कि जैसे वह कोई सफर कर रहा है। उसे किसी भी तरह का कष्ट, दुःख, पीड़ा, सर्दी या गर्मी का कुछ भी आभास नहीं हो पा रहा था। उसकी स्थिति ठीक एक ऐसे यात्री की तरह ही थी जिसे कि सहसा ही कहीं से किसी अज्ञात से स्थल पर ला कर

खड़ा कर दिया गया हो। शेष उसे कुछ भी मालूम न हो कि अब उसे क्या करना है अथवा कहाँ जाना है? वह हतप्रभ सा था। समय का तो जैसे उसे कुछ आभास मात्र भी नहीं था। सुबह, दोपहर या शाम का ! जिससे कि ऐसा कुछ सोचा जा सकता कि ऐसी स्थिति में वह कितनी देर से था।

जैसे ही उसे वहाँ एक अज्ञात स्थल पर होने का आभास हुआ, तत्क्षण ही वहां पर कोई दो बुजुर्ग से व्यक्ति प्रकट हो गए। उन्हें बुजुर्ग कहने से अधिक दिव्यात्मा कहना उचित होगा। उनकी लंबी सफ़ेद दाढ़ी थी। सर के बाल भी सफ़ेद हो चुके थे। उन्होंने सफ़ेद रंग के ही चोगे से पहन रखे थे। उनके चेहरों से प्रकाश सा फूट रहा था जो कि उनके तेजस्वी होने का परिचय दे रहा था। उन्होंने अपना हाथ उसकी ओर बढ़ा दिया। उसके हाथ भी स्वयंमेव ढंग से ही उनकी और बढ़ गए। हाथों का सम्पर्क होते ही मानों वह हल्का सा हो गया था। इसके शाम ही वह उन दिव्यात्माओं के साथ हवा में तैरने सा लगा। बादलों के बीच तैरते हुए क्षणांश में ही वो उस स्थान पर पहुंच गए, यहां उसे उसके बचपन से ले कर अब तक के वो मित्र दिखाई दिए थे तथा जिन्हें देखते ही उसके चेहरे पर प्रसन्नता की झलक उतर आई थी।

उसका मन हुआ कि वह उन सब को आवाज़ दे किन्तु उसके मुंह से आवाज निकली ही नहीं। उसने कुछ कहने का प्रयत्न किया और उसे ऐसा भी लगा कि मुंह से कुछ शब्द निकल रहे हैं लेकिन वो सुनाई नहीं दे रहे हैं। उसे ही नहीं शायद किसी को भी नहीं। प्रयास में विफल रहने पर उसे कुछ लज्जा सी महसूस हुई। उनकी ओर देखते हुए मद्धम सी मुस्कान उसके चेहरे पर उभर आई किन्तु इस सब से परे उसको इस बात का आश्चर्य भी हुआ कि उसके चाहने भर से ही वो उन के पास पहुँच गया था। वो सब बहुत ही प्रफुल्लित थे।

उसने अपने आस पास उन दोनों महान विभूतियों को देखना चाहा तो देखा कि उन दोनों में से वहाँ पर कोई भी नहीं था।

5

परिचित व सम्बन्धी आ जा रहे थे। कुछ मित्र तथा ऐसे परिचित भी दिख रहे थे जोकि जीवन में बहुत ही कम मिलते रहे थे। शायद ही किसी आवश्यकता के समय पर कभी काम आए हों। फिर भी जो भी आ रहा था वो आ तो उसकी मृत्यु पर शोक-संवेदना प्रकट करने के लिए ही था।

ऐसे ही नित्यक्रम चलता जा रहा था। दिन पर दिन व्यतीत होते जा रहे थे। इस मध्य आवश्यक क्रिया-क्रम तथा निर्धारित कार्यप्रणाली भी चल रही थी जिसे कि समाज में विधि विधान में आवश्यक माना गया है। वह सब देख-सुन रहा था और समझने का प्रयास भी कर रहा था। हालांकि बहुत सी बातों या रस्मों के लिए उसने अपने परिवार में बहुत पहले से ही मना भी कर रखा था, किन्तु फिर भी उनके द्वारा यह सब क्रियाकलाप श्रद्धा पूर्वक किया जा रहा था।

इस तरह दिन व्यतीत होते जा रहे थे। चाहते हुए भी वह कुछ भी कर पाने में सफल नहीं हो सकता था। वह सब को देख सकता था परन्तु उसे कोई भी नहीं देख सकता था। वह सब की सुन सकता था लेकिन उसकी कोई भी नहीं सुन सकता था। वह अपने परिवार के सदस्यों के साथ कुछ न कुछ बातचीत करना चाहता था। लेकिन कर नहीं सकता था। कैसी विवशता थी यह! कैसी असमर्थता थी! एक मूक दर्शक की तरह सब देखना। अपनी कोई भी प्रतिक्रिया व्यक्त न कर पाना।

"हाँ ! मनु ! कहो कैसे हो ?" किशोर ने उससे पूछा।

सुन कर उसे कौतूहल सा हुआ उसे। समझ में नहीं आया उस की कि यह कैसे हुआ ! किशोर ने तो कुछ कहा ही नहीं था उससे। वह उसके चेहरे

की ओर ही देख रहा था। उसके होंठ तो हिले ही नहीं थे। उनमें किसी भी प्रकार की कोई हरकत ही नहीं हुई थी। फिर उसे कैसे उसकी बात सुनाई दी थी? बल्कि स्पष्ट रूप से कहा जाए तो किशोर ने उसे मनु नाम से पुकारा था। किशोर मित्र होते हुए उसका सम्बन्धी भी था। वो दोनों रिश्ते में मामाभांजा थे। किशोर हालांकि उससे आयु में कुछ छोटा था किन्तु लगभग हम उम्र होने के साथ ही वो दोनों मित्र भी थे। दोनों ही बचपन से ही साथ साथ खेलते हुए युवा हुए थे। यह अलग बात है कि किशोर थोड़ा युवावस्था में ही बीमार हो कर से चल बसा था। करीब दस वर्ष पूर्व ही उसकी मृत्यु हुई थी। अब इतनी देर के पश्चात उसका सहसा ही सामने आ जाना उसे आश्चर्यचकित सा कर रहा था। फिर यह सब स्वाभाविक भी था। इससे अधिक आश्चर्य तो उसे इस बात का,भी हो रहा था कि किशोर के कुछ भी न कहने से भी उसे सब कुछ कैसे स्पष्ट सुनाई दिया था ! उसने भी प्रति उत्तर में किशोर से मुस्करा कर कहा- "मज़े से हूँ।"

इसके आगे वह चाहते हुए भी मारे आश्चर्य के कुछ भी न कह सका। जबकि वह बातें तो करना ही चाहता था किन्तु उसके होंठ ही नहीं हिल सके। शब्द ही मुंह से नहीं निकले। फिर भी वह जो भी कहना चाहता था वो उसने एक तरह से जैसे कह ही दिया था। समझ भी लिया था।

दूसरे साथी भी उससे बातें करने की कोशिश कर रहे थे। उनकी बातें भी उसे सुनाई दे रही थीं। उनके शब्द भाव उस तक सुगमता पूर्वक पहुँच रहे थे।इसी प्रकार से सभी के साथ साथ बातचीत होने लगी थी। फासले कम हो गए थे।

इस वार्तालाप के मध्य ही आस पास के वातावरण में कुछ ओर भी नया सा उभरने लगा। कह सकते हैं कि दिखने लगा था। बहुत से परिचित एवं अपरिचित लोग। सभी अपने अपने क्रियाकलाप में निमग्न से दिख रहे थे। कुछ उनकी ओर देख भी रहे थे। कुछ नहीं भी देख रहे थे।

पूर्णता नया व अपरिचित सा वातावरण होने के उपरान्त भी अब वह वहाँ पर कुछ सहज सा होने लगा था। उसके दिल में एक भाव सा उभरा । कह सकते हैं कि उस के भाव शब्द बन कर उभरे। कहीं चल कर बैठते हैं। हालांकि वहाँ पर गर्मी-सर्दी या किसी प्रकार के वातावरण का कोई भी प्रभाव ही नहीं था। चलना फिरना, उठना बैठना सब कुछ निरर्थक से थे।

ऐसे शब्दों या भाव का अर्थ केवल पृथ्वी लोक के लिए ही होता है। यहाँ पर ऐसी बातों का कोई भी अर्थ नहीं था। सब कुछ भाव सम्प्रेषण पर ही आधारित था।

6

यहां पर भी बहुत कुछ पृथ्वी लोक जैसा ही था। लेकिन, यह है कि बहुत कुछ यहां पर चाहने भर से ही हो जाता था। हर कोई किसी भी पोशाक में हो सकता था। सब कुछ चाहने मात्र से ही प्राप्त हो सकता था। इन सब के लिए किसी को भी किसी भी प्रकार का कोई परिश्रम नहीं करना पड़ता था। हर कोई कुछ भी खा पी सकता था। कहीं पर भी आ जा सकता था। भूख प्यास का अथवा उपयोग की अन्य वस्तुओं का यहां पर कोई अर्थ ही नहीं रह जाता था। किन्तु यह बात अवश्य थी कि इंसान का भूलोक से समबन्ध होने के कारण, वहाँ की हर वस्तु की चाह मनुष्य में यहां पर भी उत्पन्न होती थी। कई तरह के विचार उसके मस्तिष्क में उभर रहे थे।

"कुछ भी नया नहीं है यार ! तुम्हें ऐसे ही सब कुछ नया नया और विचित्र सा लग रहा है। क्योंकि तुम अभी नए नए आए हो इसलिए।" गोपाल कह रहा था।

"सब कुछ यहां पर चाहने भर से ही होता है। हमें कुछ कठिनाइयाँ यहां पर इसलिए होती हैं, क्योंकि एक तो हम भूलोक से यहां पर नए नए आए होते हैं तथा दूसरा वहाँ भूलोक में हमारे साथ-सम्बन्धी भी होते हैं। इसी कारण से हमारा उस लोक से जो मोह है, जैसे जैसे यह कम होता जाएगा, वैसे वैसे ही यहां पर भी सब कुछ हमारे लिए सहज होता चला जाएगा।"

"कुछ भी विचित्र व नया नहीं है मित्र यहां पर ! आराम से रहो। धीरे धीरे तुम्हारी समझ में सब कुछ आता चला जाएगा। यह सब मोह माया की भूलभुलैयाँ है।" अशोक ने कहा।

"तुम्हें मालूम है यहां पर तुम अपने मम्मी डैडी और उन दूसरे लोगों से भी मिल सकते हो जिन्हें तुम पृथ्वी या भूलोक पर खो चुके थे। अपनी मृत्यु के पहले जो तुम्हें कभी भी नहीं मिल सके थे । उन सब से भी तुम यहां पर मिल सकते हो।" किशोर कह रहा था।

"अच्छा !' मनु ने आश्चर्य व्यक्त किया "वो कैसे?"

"हां ! लेकिन यह उनकी इच्छा पर भी निर्भर करता है। वैसे यह सब बातें तुम्हें धीरे धीरे से ही समझ में आएँगी।" गोपाल ने कहा।

"मनु ! अब जैसे यह तो तुम्हें मालूम ही है, बल्कि हम अपने जीवन काल में सुनते अथवा पढ़ते भी आए हैं कि समस्त सृष्टि में हमारे भूमण्डल के अतिरिक्त अन्य भी सात लोक हैं।

वैसे मनु ! सच तो यह है कि मैं कोई बहुत ही उच्च कोटि का संत या महात्मा तो नहीं हूँ फिर भी मुझे जितना भी ज्ञान है उसके अनुरूप यह मैं तुम्हें बता रहा हूँ कि हिन्दू धर्म की मान्यताओं के अनुसार इस सृष्टि में अर्थात ब्रहमाण्ड में अन्य सात लोक भी हैं। जिनमें प्रथम है, भू-लोक, भुवर्लोक, स्व-लोक, तप-लोक, मह-लोक , जन-लोक तथा सत्य-लोक। भौतिक-लोक अर्थात भू-लोक ! जिसे पृथ्वी लोक भी कहा जाता है।

इस सब का विभाजन कुछ इस प्रकार से है कि स्थान एवं स्थिति के आधार पर सूक्ष्म से अति सूक्ष्म-लोक ! फिर अति सूक्ष्म से सूक्ष्म होते हुए मनुष्य उच्चतम लोक में पहुंचती है।

अब जैसे हम पृथ्वी लोक को छोड़ कर दूर इस लोक में रह रहे हैं, वैसे ही कुछ लोग अपने ही लोक में रहते हुए भी इतनी क्षमता हासिल कर लेते हैं अथवा अपने विचारों व भावनाओं को इतना परिष्कृत कर लेते हैं कि उनकी सामर्थ्य, उनकी योग्यता उन्हें दूसरे उन्नत लोक में ले जाती है। वैसे ही वहाँ से भी वो उन्नति करते हुए उच्चतम लोक में पहुँच जाते हैं, या यूँ कह सकते हैं कि ब्रह्मलोक में चले जाते हैं। इस बीच कुछ लोग नया जन्म भी धारण कर लेते हैं। अब यही अवस्था होती है कि जब तक हम में से किसी का नया जन्म नहीं हो जाता तब तक हर इंसान यहां पर जिस लोक में भी है, वहाँ अपने उच्चतम-लोक से निम्नतर-लोक में सुगमता पूर्वक आ जा सकता है।

मुख्यता ऐसा होता बहुत ही कम है, क्योंकि जिन लोगों की अपने नीचे लोक के प्रति चाह बनी रहती है वो कभी भी उन्नति नहीं कर पाते तथा इस लोक में या अपने से निम्नतर लोक में ही भटकते रहते हैं। फिर भी कभी कभी हमारे ऐसे पूर्वज अपनी इच्छा होने पर भ्रमण के लिए नीचे के लोक में भी आ ही जाते हैं।

यहां पर किसी में कोई मोह माया या ममता नहीं होती। हर कोई अपने विचारों से, अपने कर्म से प्रगति करता है तथा उच्चतम लोक में पहुंचते हुए निरंतर अपने उन्नति के मार्ग पर आगे बढ़ते हुए रह कर ब्रह्मलोक तक पहुँच जाता है। लेकिन इस के लिए वर्षों लग जाते हैं। फिर भी कोई ब्रह्मलोक तक नहीं पहुंच पाता।

इसी प्रकार कुछ लोग ऐसे भी होते हैं जो अपने समय काल में उन्नति नहीं कर पाते तथा अवनति को प्राप्त होते हुए निम्नतर लोक में ही फंसे रहते हैं।

मुख्यतया इसके कई कारण होते हैं। जिनमें एक कारण पृथ्वी-लोक में साथ सम्बन्धियों का निरंतर उन्हें याद करते रहना या किसी माध्यम से निरंतर स्थापित करने का प्रयास करते रहना। साधारणतया कोई भी आत्मा अपने किसी भी लोक से निम्नतर लोक में आना पसंद नहीं करती। इससे उसे बहुत कष्ट होता है। इसलिए कहा जाता है कि इस पृथ्वी लोक से जाती हुई आत्मा को कभी भी अति स्मरण नहीं करना चाहिए। उसके लिए रोना, विलाप करना या दुखी होना उस दुनिया से चली गई आत्मा के लिए अत्यंत दुखदायी होता है।

इसी विषय में एक अन्य बात भी स्मरण रखनी चाहिए कि जैसे पृथ्वी लोक और यहां के लोक में समय काल का बहुत अधिक अंतर होता है। पृथ्वी लोक के हज़ारों वर्ष यहां के कुछेक दिनों के बराबर ही होते हैं। इसी लिए कई बार, बार-बार जीवन-मरण के उपरांत भी परिचित लोगों की आत्माएं यहां पर भटकती हुई मिल जाती हैं। यह अलग बात है कि यहां रह रही आत्माएं तो उन्हें पहचान लेती हैं, किन्तु पृथ्वी-लोक से आई हुई आत्माएं उन्हें नहीं पहचान पातीं।

यहीं पर मनुष्य फिर से अपने सोच विचार या व्यवहार में उन्नति करता हुआ, अपनी योग्यता अनुसार ब्रह्माण्ड में स्थित अन्य लोक में

रहने का अधिकारी बनता है। यदि अधिक विस्तार में जाया जाए तो यही लोक प्राणी मात्र की मृत्यु के पश्चात उसके समक्ष होते हैं। इन्हीं के उपभोग के उपरांत उसे ब्रहमलोक में समा जाने का सुअवसर प्राप्त होता है।

वास्तव में हर आत्मा ब्रहम में नहीं समा सकती। इसके लिए बहुत ही उच्चकोटी का विद्वान होना, विचारों का होना या मनुष्य के ज्ञान चक्षुओं का खुला होना आवश्यक है। इस अवस्था को वही ज्ञानी जन प्राप्त कर सकते हैं जिन्होंने पृथ्वी लोक में बहुत कठिन साधना की हों या अपने जीवन को उद्देश्य पूर्ण ढंग से प्राणी वर्ग के हितार्थ लगाया हो। बहुत कठिनाई से हम लोग दूसरे मंडल तक ही पहुंच पाते हैं। इसी बीच अपने स्वभाव के कारण मोह माया एवं ममता के वशीभूत हो कर हम फिर से पृथ्वी लोक पर नया जन्म ले लेते हैं।"

मनु ध्यान से गोपाल की सारी बातें सुन रहा था। कहने लगा- "इसका मतलब यह है कि इस के ऊपर के लोक में बहुत कम लोग ही पहुँच पाते हैं !"

"नहीं! ऐसी बात नहीं है। इस से ऊपर के लोक में तथा स्वर्ग लोक में भी लोग जाते रहते हैं। किन्तु यह समय सीमा पर निर्भर करता है। जैसे पृथ्वी पर निश्चित जीवनकाल के भीतर जो जितने अच्छे कर्म करता है अथवा अध्यात्म के मार्ग पर चलता हुआ उन्नति करता है उतना ही शीघ्र यहां से भी उच्चतम लोक में चला जाता है, क्योंकि उसकी विचार भावनाएं व जीवनशैली भी वैसी ही बन चुकी होती है" गोपाल ने कहा।

"तो जो आत्माएं यहां इस लोक में रह जाती हैं। उनका क्या होता है?" मनु ने फिर पूछा।

"जो आत्माएं कोई उन्नति नहीं करतीं। यहां इस लोक में भी उनका आचरण पृथ्वी लोक जैसा ही रहता है, वो फिर से पृथ्वी लोक पर नया जन्म धारण कर लेती हैं।" गोपाल ने कहा।

"तुम्हें इतना कुछ कैसे मालूम है?" मनु ने पूछा।

"एक तो मुझे पृथ्वी लोक पर भी अध्यात्म का कुछ ज्ञान था जैसा कि तुम जानते ही हो, दूसरा मुझे यहां आए हुए भी बहुत समय हो गया है। हालांकि यहां पर समय की गति पृथ्वी लोक जैसी नहीं है। फिर भी यहां

दिन रात और समय इंसान की अपनी सोच तथा परिपक्वता के अनुसार ही चलता है।"

मनु की समझ में क्या आया या क्या नहीं, यह तो नहीं कहा जा सकता। किन्तु प्रति उत्तर में उसने कुछ नहीं कहा।

"आओ तुम्हें कुछ और भी दिखलायें तथा इस भुवर्लोक की सैर भी करवा लायें" गोपाल ने एक ओर इशारा करते हुए कहा।

यह तो मालूम ही है कि यहां पर कहीं भी जाने के लिए हमें चलना नहीं पड़ता है बल्कि उस स्थान का मात्र ध्यान ही करना होता है। मनु भी गोपाल के साथ ही एक पार्क में पहुँच गया। वहाँ पर कुछ बच्चे खेल रहे थे। वो भी वहीं पास ही एक बेंच पर बैठ गए।

वहाँ की प्राकृतिक छटा इतनी मनोरमयी व कल्पनामयी थी कि देखते ही बनती थी। रंग बिरंगे फूल ! चारों ओर इंद्रधनुष के रंगों का फैला हुआ प्रकाश ! इस सब से अधिक सुहावना दृश्य वहाँ पर था वो था बच्चों का खेलना तथा उनकी किलकारियां ! यह सब देखकर गोपाल मुस्कुरा रहा था और मनु के लिए तो ऐसा अनुभव बिल्कुल ही नया व अनूठा था।

7

"यह बच्चे कौन हैं?" मनु ने पूछा।

"यह बच्चे किसी के नहीं हैं, बल्कि ये वो बच्चे हैं जिनकी अल्पायु में ही पृथ्वी लोक में मृत्यु हो जाती है। जो भी उन्हें प्यार करता है या जिस के पास भी यह रहना चाहते हैं, उसी के पास रह लेते हैं। यहां पर किसी प्रकार का मोह माया का बंधन तो है नहीं। यह किसी के साथ बंधे हुए नहीं हैं। बस इसी प्रकार खेलते हुए अपना समय व्यतीत कर रहे हैं। फिर जब यहां पर भी इनका नियति का काल चक्र पूर्ण हो जाएगा, यह फिर से पृथ्वी पर जन्म ले लेंगे।

"तुम्हें मालूम है कि जब हम छोटे ही थे तो किशोर के चाचा की मृत्यु हो गई थी। उन्हें तपेदिक की बीमारी हो गई थी और उन दिनों तो इस बीमारी का कोई इलाज़ भी नहीं था?" गोपाल ने पूछा।

"हाँ ! मालूम है" मनु ने कहा।

"उनका फिर से धरती पर पुनर्जन्म हो चुका है।" गोपाल ने उसे बताया।

मनु ने सहमति में धीरे से गर्दन हिला दी तथा उसे ध्यान से देखने लगा।

"उन्होंने अपना बहुत समय बीमारी की अवस्था में ही व्यतीत किया था। इस कारण उनका अधिक ध्यान पृथ्वी लोक में अपने माता-पिता तथा साथ सम्बन्धियों की तरफ ही रहता था। इस कारण उन्हें इस लोक के नियमानुसार शीघ्र ही पृथ्वी लोक में जन्म लेना पड़ा।" गोपाल ने बताया।

"अच्छा" मनु ने आश्चर्य व्यक्त करते हुए पूछा- "उन्होंने कहाँ पर जन्म लिया है?"

"विधि का विधान भी बहुत ही विचित्र है ! वैसे तो जो भी पृथ्वी लोक में जन्म लेता है, वह कहीं पर भी किसी के घर भी जन्म ले सकता है, किन्तु आमतौर पर कोई भी इंसान जब जन्म लेता है तो वह अपने किसी संबंधी या बहुतायत में अपने ही घर परिवार के किसी सदस्य के यहां जन्म लेता है। वह सम्बन्ध में कोई भी हो सकता है। पिता अपने पुत्र के या दादा अपने पोते पोती या नाते नाती के या भाई बहन के घर भी जन्म ले सकता है। इसका मुख्य कारण उस की अपने परिवार में आसक्ति का होना भी होता है।" गोपाल ने बताया।

इसी बीच वहाँ पर अमरीक सिंह तथा कुलदीप भी आ गए।

"क्या गपशप हो रही है भाई ?" अमरीक सिंह ने पूछा।

"कोई विशेष नहीं। बस यहीं इसी लोक की ही बातें हो रही हैं।" गोपाल ने कहा

"बस! यहां पर आनंद ही आनंद है। अच्छे कर्म करो। सात्विक विचार ग्रहण करो और फिर यहां से अधिक आनदमय उच्चतम लोक में चले जाओ या फिर इसके पश्चात जब इच्छा हो तो फिर से भी पृथ्वी पर पुनर्जन्म भी ले सकते हो। किन्तु ऐसा तुम चाहोगे नहीं।" कुलदीप ने कहा।

"नहीं ऐसी बात भी नहीं है। यह तो अवसर है अपने भावी जीवन को बनाने संवारने का। जो जैसे यहां पर कर्म करता है उसी के अनुसार ही तो उसे आगे चल कर भावी जीवन में सुख दुःख या आराम मिलते हैं" गोपाल ने कुलदीप की बात काटते हुए कहा- "जिसका जैसा यहां का अनुभव होगा वैसी ही उसकी सोच तथा विचार भी होंगे और वैसा ही उसे अगला जन्म भी प्राप्त होगा।"

"पृथ्वी लोक में किसी का भी जन्म दो ही अवस्थाओं में होता है। साधारणतया उसकी अपनी इच्छा से या इस सृष्टि के निर्माता परम-पिता परमेश्वर के नियमानुसार दंड के स्वरूप।" गोपाल पुनः कहने लगा- "वास्तव में पृथ्वी पर इंसान इतना मोहमाया के बंधन में लिप्त आनदपूर्वक अपना समय बीता चुका होता है कि वह मृत्यु से डरने लगते

हैं। उसके अवचेतन में मृत्यु के बाद के जीवन की प्रति-छाया कुछ इस प्रकार से अंकित होती है। उसे इस बात का आभास होने लगता है कि दूसरे लोक में दंड स्वरूप उसे कैसा जीवन मिलने वाला है। पृथ्वी लोक के जीवन में जो जितना अधिक पाप करने वाला, दुराचारी अथवा भ्रष्ट होगा वह उतना ही पृथ्वी लोक को छोड़ कर दूसरे लोक में जाने के विचार से ही भयभीत होगा। उसे ज्ञात होगा कि यहां इस लोक में तो उसने अपना मन चाहा जीवन जी लिया है। दूसरों को कष्ट दे कर, झूठ बेईमानी तथा हिंसा के मार्ग पर चल कर जीवन व्यतीत किया है, किन्तु उस लोक में पृथ्वी लोक के नियम क़ानून नहीं चलते। वहाँ कोई रिश्वत अथवा भ्रष्टाचार नहीं चलेगा। वहाँ किसी के साक्ष्य अथवा प्रमाण की आवश्यकता नहीं होगी। वहाँ स्वमेव ही न्याय होगा। वह किसी भी प्रकार से वहाँ पर बच नहीं सकेगा। उसे अवश्य ही दंड मिलेगा और सज़ा भुगतना ही पड़ेगी। इसलिए ऐसा व्यक्ति मृत्यु के समय बहुत ही अधिक भयभीत होता है और कभी भी स्वैच्छिक मृत्यु नहीं चाहता।

वहीं एक शांत प्रकृति का व कोमल हृदय तथा न्यायप्रिय मनुष्य कभी भी भयभीत नहीं होगा। उसकी आँखों के सामने व मानस पटल पर यहां का आनंददायक जीवन स्पष्ट होगा। उसे यहां की न्याय व्यवस्था के विषय में पूर्ण ज्ञान होगा। इसलिए वह किंचित भी भयभीत नहीं होगा तथा मृत्यु के समय बहुत ही शांतचित होगा।

“यूं समझ लो यार कि जब तक इस जन्ममरण के बंधन से मुक्ति नहीं मिल जाती तब तक हमें इधर से उधर भटकना ही पड़ेगा।” अमरीक सिंह ने कहा।

“सो तो है ही। यही तो ईश्वर की न्याय व्यवस्था है” गोपाल ने उसकी बात से सहमत होते हुए कहा-”इसे ही तो कहते हैं जन्म-जन्मांतर का फेर।”

“इस जन्म-जन्मांतर के फेर से मुक्ति पाने के लिए आवश्यक है ब्रह्म में लीन हो जाना।” गोपाल ने कहा।

“तुम्हें शायद यह भी मालूम ही होगा कि एक दो दिन में आकाश भी अपने मामा के घर जन्म लेने वाला है।” अमरीक सिंह ने बताया।

मनु उसे ध्यान पूर्वक देखने लगा। उसे अमरीक सिंह की इस सूचना पर आश्चर्य हो रहा था।

"तुम्हें कैसे मालूम?" कुलदीप ने अमरीक सिंह से पूछा।

"मुझे आकाश ने स्वयं ही बताया था।" अमरीक सिंह ने कहा।

"अच्छा !" मनु को आश्चर्य हो रहा था- "क्या ऐसा भी संभव हो सकता है? इंसान अपनी इच्छा के अनुसार भी यहां चाहे वहाँ जन्म ले सकता है?"

"हाँ ! ऐसा भी संभव है। पृथ्वी पर जन्म लेने से पूर्व कोई भी आत्मा अपने भावी माता पिता का निर्धारण स्वयं ही कर सकती है। किन्ही विशेष परिस्थितियों में ही इसका चुनाव नियति द्वारा होता है।" गोपाल ने उनके वार्तालाप में बोलते हुए।

"फिर आकाश ने अपने मामा का चयन क्यों किया?" कुलदीप ने पूछा।

"इस विषय में उसने कुछ नहीं कहा। वैसे यह निर्णय स्वयं आकाश का ही था।" अमरीक सिंह ने मध्य में कहा।

"हाँ यार ! यह मोहमाया और प्यार का बंधन भी इंसान को न इस लोक में, न ही उस लोक में ही सुख व चैन से रहने देता है।" गोपाल ने थोड़ा मुस्कराते हुए कहा।

"मोह माया और प्यार का क्या चक्कर है?" इस बार मनु ने गोपाल से पूछा।

"तुम्हें नहीं मालूम? वही स्मृति वाला चक्कर ! न ही यह पृथ्वी लोक में चैन से रह सका तथा न ही इस लोक में। गोपाल ने कहा- "यहाँ पर भी, जब देखो यह स्मृति की ही बातें किया करता था। जब देखो यह पृथ्वी लोक के चक्कर लगाता रहता था। इस कारण से उसका वहां पर जन्म संभावित ही था।"

स्मृति का नाम लेते ही मनु के सामने उसका चेहरा लहरा गया। मनु भी स्मृति को जानता था। आकाश ने ही स्मृति का भी उससे परिचय करवाया था। पास के ही दूसरे गांव की रहने वाली एक बहुत ही खूबसूरत लड़की थी।

स्कूल पढ़ते समय एक बार जब आकाश अपने स्कूल की कक्षा के साथ पिकनिक पर गया हुआ था तो उसी दौरान झील के किनारे उसकी मुलाक़ात स्मृति के साथ हो गई थी। वहां पर ही स्मृति भी अपनी कक्षा की लड़कियों के साथ आई हुई थीं। वहीं पर उनका आपस में परिचय हुआ था। फिर वही परिचय आगे चल कर प्यार में बदल गया। वह दोनों ही आपस में एक दूसरे से बहुत ही अधिक प्यार करने लगे थे। यहां तक कि उनकी मोहब्बत की चर्चा भी आम होने लगी थी। उन्होंने आपस में प्यार करते हुए शादी के स्वप्न भी सजो लिए थे। किन्तु भाग्य को शायद उनका यह प्यार स्वीकार नहीं था। उसे उन दोनों का यह प्यार रास नहीं आ रहा था। वो यहाँ पृथ्वी पर भविष्य के सपने देख रहे थे तो नियति उन पर हँस रही थी तथा कुछ ओर ही खेल की रचना कर रही थी।

उनका प्यार ऐसे ही परवान चढ़ रहा था। जब भी समय मिलता आपस में मिलना, घूमना फिरना। किसी की कोई चिंता या परवाह नहीं। अपनी ही दुनिया में मस्त रहना। हर समय प्यार के ही सपने देखते रहना। यह समय और पल होते भी तो ऐसे ही हैं।

समय अपनी निर्बाध गति से चलता रहा। फिर उनके जीवन में एक दिन ऐसा भी आया, ऐसे पल भी आए जिनका कि उन्हें कभी स्वप्न में भी अंदेशा नहीं था। आकाश अपने स्कूल के समय के दो मित्रों के साथ कहीं पहाड़ी नदी के किनारे पिकनिक मनाने गया हुआ था। इसके साथ ही उनके साथ में ही उनकी प्रेमिकाएं भी थीं।

सभी मित्र आपस में गपशप कर रहे थे। संगीत सुन रहे थे। तभी उनमें से आकाश ने अपने दोनों मित्रों विनय और निखिल को लिया और वो सभी फ़ोटोग्राफ़ी करने के उद्देश्य से एक ओर चल पड़े। तीनों ही छोटे से पहाड़ी नाले के किनारे किनारे छोटी व ऊंची नीची चट्टानों पर से होते हुए सुन्दर व मनभावन फोटो लेते हुए आगे बढते जा रहे थे। लड़कियाँ पीछे बैठी अपनी ही दुनिया में निमग्न गप्पें लगा रही थीं। किसी को भी आने वाले संकट का रंचमात्र भी आभास नहीं था।

उधर वो तीनों एक ऐसे स्थान पर खड़े थे यहां पर एक बहुत बड़ी सी चट्टान थी। विनय और निखिल उस पर खड़े हो कर फोटो खिंचवा रहे थे। सहसा ही ऐसा हुआ कि विनय और निखिल जैसे ही फोटो खींचवाने

के लिए चट्टान की ओर बढ़े कि तभी निखिल का पाँव फिसल गया और वह नीचे नाले की ओर लुढ़कने लगा। नाला ऊपर से कम से कम तीस फुट नीचे था और पानी से भरपूर था। निखिल को नीचे गिरते देख शीघ्रता से विनय उसकी ओर लपका और उसने निखिल को पकड़ने की कोशिश की। विनय के इस प्रयास में निखिल तो अपने आप को संभाल नहीं पाया, विनय भी उसके साथ ही नीचे की ओर गिरने लगा और निखिल के साथ लटक गया। निखिल के इसी प्रयास में उसके हाथ में शीघ्रता से एक झाड़ी की शाखा आ गई और दोनों ही चट्टान के साथ साथ हवा में लटकने लगे। उन्हें गिरते हुए देख आकाश उनको बचाने के लिए तुरंत उनकी ओर लपका। किन्तु होनी को कोई टाल सकता है? उसे तो कुछ और ही मंज़ूर था। इससे पहले कि वह उन दोनों तक पहुँच पाता या उनकी कोई सहायता कर पाता, उसे नीचे पड़े हुए एक पत्थर से ठोकर लगी और वह उन दोनों के पास पहुँचने से पहले ही सीधा नीचे नाले में जा गिरा। एक जोर की आकाश चीख गूँजी और उसके तुरंत बाद ही एक गहरी खामोशी सी छा गई।

इस अचानक की हुई दुर्घटना से विनय और निखिल भी इस प्रकार से घबरा गए कि घबराहट में विनय के हाथ से निखिल भी छूट गया और वह भी सीधा नाले में जा गिरा। इस से निखिल बहुत घबरा गया। वह किसी तरह से ऊपर आने के लिए छटपटाने लगा किन्तु अपने इस प्रयास में सफल नहीं हो पा रहा था। सहसा ही वहीं पास में ही किसी मवेशी चराने वाले ने विनय और आकाश की चीख की आवाज़ सुन ली और वो भाग कर वहाँ पर आ पहुंचा। जब उसने निखिल को नीचे लटकते हुए देखा तो उसने तुरन्त ही आगे बढ़ कर निखिल की सहायता की और उसे ऊपर खींच लिया।

इस मध्य तीनों लड़कियां भी उन की चीख की आवाज़ सुन कर वहाँ आ पहुंची थीं। उन्होंने दुर्घटना को देखा तो फ़ौरन ही वो भी निखिल तथा मवेशी चराने वाले के साथ नीचे नाले की ओर भागीं। इसके साथ ही उनका शोर सुन कर पास के कुछ अन्य स्थानीय लोग भी वहाँ पहुँच गए। सभी बदहवासी में नीचे नाले की ओर भागने लगे। यहां आकाश और विनय गिरे थे। किन्तु वहाँ पर तो कुछ भी नहीं था। दोनों के ही शरीर वहाँ

से नाले में बह गए थे। चीख पुकार होने लगी थी वहां पर। सभी उपस्थित जन, आकाश तथा विनय की तलाश में इधर उधर भाग रहे थे। किन्तु उन दोनों का कहीं पर भी कुछ भी पता नहीं चल पाया।अब तक वहां पर अंधेरा भी छाने लगा था।पास के कुछ ग्रामीण टार्च वगैरह भी ले आए थे। किन्तु इसके उपरांत भी बहुत देर तक तलाश करने के पश्चात भी आकाश और विनय का कोई पता नहीं चल पाया।

दूसरे दिन ही जा कर उन दोनों के मृत शरीर मिल पाए थे। स्मृति और उसके साथियों का तो रो रो कर ही बुरा हाल था। सभी गहरे सदमे की अवस्था में थे। यहां निखिल इस दुर्घटना के लिए अपने आप को दोषी मान रहा था। वहीं लड़कियाँ भी ऐसा ही सोच रही थीं कि वो सब पिकनिक पर नहीं आए होते तो आज विनय और आकाश उनके बीच जीवित होते। फिर भी उनके ऐसा सोचने से क्या होता है। होता तो वही है जैसा कि होना होता है या विधि ने नियति में लिखा हुआ होता है।

समय व्यतीत होता चला गया। कहते हैं कि समय सबसे बड़ा डॉक्टर होता है तथा ये बड़े से बड़े घाव को भी भर देता है। समय जो घाव देता है तो उसके साथ ही उचित मरहम भी देता ही है। धीरे धीरे उनके मन के घाव भी भरने लगे। जीवन फिर से अपनी पटरी पर लौटने लगा। जाने वाले चले जाते हैं पर उनके साथ तो कभी कोई जाता नहीं। न ही जा ही सकता है।

समय व्यतीत होता गया। निखिल ने शादी कर ली। उसके साथ ही दूसरी लड़कियों को भी समयानुसार करनी पड़ी। मन न होते हुए भी। दुनिया में बहुत से काम ऐसे भी तो इंसान को करने ही पड़ते हैं जिनको करने की उसकी बिलकुल भी इच्छा नहीं होती।

स्मृति की शादी तय हो गई। हालांकि स्मृति इसके लिए बिल्कुल भी इच्छुक नहीं थी। किंतु जैसा कि होता ही है कि बहुत कुछ जिंदगी में इंसान के न चाहते हुए भी हो ही जाता है। बल्कि यूँ भी कहा जा सकता है कि करना ही पड़ता है। स्मृति के पिता वन विभाग में फॉरेस्ट के पद पर से सेवा-निवृत हो चुके थे। उनकी तीन बेटियां तथा एक बेटा था। माँ बहुत देर पहले ही स्वर्ग सिधार चुकी थीं। इसलिए परिवार की स्थिति को देखते हुए तथा पिता और सम्बन्धियों के समझाने पर उसे भी शादी के

लिए तैयार होना ही पड़ा।

स्मृति की भी शादी हो गई। जिसे आकाश ने भी देखा। अपनी मृत्यु के पश्चात भी। अपनी आँखों के सामने उसने अपनी स्मृति को किसी दूसरे व्यक्ति के साथ फेरे लेते हुए देखा। अपनी आंखों के सामने उसने अपनी स्मृति को पराए होते हुए देखा। शायद इस अवस्था में आकाश भी कुछ ऐसा ही करता। उसके वश में तो स्मृति से मिल पाना संभव था नहीं। फिर जो किसी के साथ सच्चा प्यार करते हों वह तो सदा ही दूसरे की ख़ुशियाँ ही चाहते हैं। संभव है उसकी मौन स्वीकृति या उत्प्रेरणा से ही स्मृति ने भी इस शादी के लिए मान लिया हो। इसे ही अपनी नियति स्वीकार कर परिस्थितियों से समझौता कर लिया हो।

हालात बदल गए। किन्तु आकाश अपने आप को कभी भी नहीं बदल सका। वह मर कर भी स्मृति को नहीं भूल पाया। मरने के बाद भी स्मृति को मिलने की प्रयास में बार बार पृथ्वी लोक के चक्कर लगाता रहा। बहुत बार उसने स्मृति से सम्पर्क स्थापित करने का भी प्रयास किया। किन्तु प्रकृति के विधान के अनुसार ऐसा हो नहीं पाया।

शायद यही कारण था कि वह फिर से पृथ्वी लोक में जन्म लेना चाहता था। वैसे कहते भी हैं न कि जिस किसी इंसान की किसी दुर्घटना में या अप्राकृतिक मृत्यु हुई होती है उसका इस जीवन के प्रति लगाव कम नहीं हो पाता। वह बार बार इस लोक से उस लोक के बीच भटकता ही रहता है। जब तक कि वह फिर से इस पृथ्वी लोक पर जन्म नहीं ले लेता, तब तक उसकी यह भटकन बनी ही रहती है। यही आवागमन का नियम भी है।

"हाँ ! यह तो मुझे मालूम ही है। वास्तव में वह स्मृति से प्यार भी बहुत करता था। पर एक बात है !" इस बार मनु ने भी कहा।

"वो क्या?" अमरीक सिंह ने पूछा।

"जब यह पृथ्वी पर पैदा होगा, उस समय तो स्मृति की उम्र चालीस वर्ष के करीब हो चुकी होगी और वैसे भी वह तो शादीशुदा है। फिर इनका आपस में मेल कैसे होगा?"

"मेल की बात नहीं। प्यार मोहब्बत में मेल ही सब कुछ नहीं होता। जो सच्चा और रूहानी प्यार होता है। वह सदा एक दूसरे की खुशी ही

चाहता है। वह सदा एक दूसरे के सामने या समीप ही रहना चाहता है। शेष इस बारे में हम क्या कहा सकते हैं। यह तो सब ऊपर वाला ही जाने या फिर आकाश स्वयं।"

"प्यार करने वाले इतना नहीं सोचते मनु ! जिसे सच्चा प्यार होता है वह तो बस सदा एक दूसरे के समीप ही रहना चाहता है।" अमरीक सिंह ने कहा।

"अब यार कब क्या होना है या कैसे होना है इस बार में कोई कैसे बता सकता है। इसे तो विधि का नियंता ही जान सकता है या बता सकता है।" गोपाल ने कहा।

8

आकाश के मामा ! मनु के मामा ! क़रीबी सम्बन्धियों में से थे। वह भी मनु की मृत्यु के अवसर पर आए हुए थे। किसी कारण वश वह उसकी मृत्यु वाले दिन नहीं आ सके थे। आज उसकी मृत्यु का पांचवा दिन था। वह सरकारी स्कूल में मुख्याध्यापक थे। विद्वान थे। स्थानीय शिक्षक होने के कारण तथा पढ़ाने में रुचि होने के कारण उनका गांव में बहुत मान-सम्मान था। उन्हें धार्मिक ज्ञान भी था तथा व्यवहारिक भी। इस कारण भी लोग उनकी बातों को बहुत ध्यान पूर्वक सुनते तथा वैसा ही आचरण करते हुए उन बातों को अपने जीवन में उतारने का प्रयास भी करते थे। इस समय वह वहां बैठे हुए लोक, पर-लोक की बातें कर रहे थे। जिन्हें विषय में रूचि होने के कारण सभी ही बहुत ध्यान से सुन रहे थे। मध्य में मनु के विषय में भी बातें हो रही थीं।

मनु के सम्बन्ध में बातें करते हुए वह यह भी बता रहे थे कि जब इन्सान की मृत्यु हो जाती है तो वह जब तक इंसान का क्रिया कर्म अर्थात विधिवत संस्कार नहीं हो जाता तब तक उसकी आत्मा यहीं धरती पर अर्थात मृत्यु लोक में ही विचरती रहती है। जब उसके सारे क्रिया कर्म विधिवत रूप से सम्पन्न हो जाते हैं और उसके सारे परिजन अपने धरों में वापिस जा कर अपने अपने नित्य क्रियाकलाप में व्यस्त हो जाते हैं, तो तब वोमह आत्मा भी समझने लगती है कि उसके परिवार अथवा सम्बन्धियों ने उसकी मृत्यु को स्वीकार कर लिया है। अब उसका यहां रुकने का कोई भी औचित्य नहीं है। अब यहां पर उसका संबंध एक तरह से समाप्त प्राय हीहो गया है अथवा संस्मरणात्मक ही रह गया है। तो,

उसके पास भी अब इस लोक को त्याग देने के अतिरिक्त अन्य कोई विकल्प शेष नहीं रह जाता और वह भी इस लोक को छोड़ कर दूसरे लोक में चली जाती है। किन्तु जब तक सारी क्रियात्मक रस्म प्रणाली पूर्ण नहीं हो जाती तब तक उस मृत शरीर की अशरीरी आत्मा इस धरती पर ही अपने परिवार के आस पास ही विचरती रहती है।

जब तक उसके शरीर को जला नहीं दिया जाता तब तक वह निरंतर अपने शरीर के आस पास तथा दाह संस्कार हो जाने के बाद अंतिम रस्म तक अपने परिवार के समीप ही रहती है। जैसे मनु का दाह संस्कार हो चुका है। उसकी आत्मा भी अभी इसी घर के आस पास ही कहीं पर है और हो सकता है कि वह भी हमारी सारी बातचीत सुन रही हो, देख रही हो। हम उसे नहीं देख सकते किन्तु वह हमें देख सकती है। हाँ ! वह हम से कुछ कह नही सकती। चाह कर भी वह हमें कुछ बता नहीं सकती। हम से बात नहीं कर सकती। हम से किसी भी प्रकार से सम्बन्ध स्थापित नहीं कर सकती।

इसलिए कहा जाता है कि मृत्यु वाले घर में जब तक संभव हो सदैव धार्मिक कर्मकांड की या ज्ञान की ही बातें की जानी चाहिए। इंसान की मृत्यु के पहले उसका संभवत : गीता का पाठ सुनना या भगवान का नाम लेना भी इसी संदर्भ में अच्छा माना जाता है।

वह परिवार के बहुत करीब सम्बन्धी तो नहीं थे, किन्तु एक ही गांव के होने के कारण तथा वह भी एक ही जात बिरादरी के होने के कारण उनका आकाश के परिवार के साथ अच्छा मेल-मिलाप था। उनका कहना सही भी था। मनु वहीं तो था, उन सब के पास ही। वह भी यह सब सुन रहा था और समझ भी रहा था। सारा विधि-विधान।

कुछ देर तक तो वह आकाश के मामा की सारी बातें सुनता रहा बल्कि उनके साथ आए हुए अन्य परिजनों की बातें भी सुनता रहा था, फिर उसका मन कुछ उद्वेलित सा होने लगा और वह उठ कर अपने घर के पास ही आम के बाग़ की ओर चल दिया। कितने ही आम के वृक्ष थे वहां पर ! आलू-आम, तोता-आम, सफेदा-आम, संदुरी-आम, घुग्गी-आम, गोला-आम इत्यादि ! क्या बात थी !

कभी किसी आम के वृक्ष के नीचे चले जाते तो कभी दूसरे। नीचे कोई अच्छा मनपसंद आम पड़ा हुआ नहीं मिलता तो पत्थर उठा कर ऊपर किसी पके हुए आम पर निशाना लगा कर उसे नीचे गिरा लेते और अगले ही पल वो आम नीचे आ गिरता। निशाना भी क्या था उन दिनों ! यार ! कितने ही प्रकार के फल थे ! आनंद ही आनंद ! एक बार तो उसके साथ आए उसके मामा ने आम के वृक्ष से एक तोते को भी पकड़ा था जिसे वह अपने घर ले गए थे और पश्चात में इसे उन्होंने मनु को दे दिया था।

फिर मनु ने बहुत दिन तक उसे एक पिंजरे में रखा था और फिर मम्मी के कहने पर कि पक्षियों या जानवर को पिंजरे में कभी भी क़ैद नहीं रखना चाहिए, उसने तोते को छोड़ दिया था।

सोचते सोचते नहर से आ रही खड्ड की तरफ आ गया। उस खड्ड के बहते पानी में ही तो उसने तैरना भी सीखा था। इसके साथ ही एक छोटी सी पहाड़ी भी थी। यहाँ कई बार आ कर वह पढ़ने भी बैठा करता था। उसे याद आया, एक बार उसने वही बैठ कर एक बहुत सुन्दर पेंटिंग भी बनाई थी। मनु को चित्रकारी तथा शेर-शायरी में भी बहुत रूचि थी। उसने वहाँ पर बैठ कर बहुत से शेर तथा कवितायें भी लिखीं थीं।

“कहाँ खो गए हो मनु ! लगता है हमारी बातें सुनते सुनते तुम पृथ्वी लोक पर पहुंच गए हो। वैसे इस में आश्चर्य की भी कोई बात नहीं। यह सब स्वाभाविक ही है।” गोपाल ने कहा।

“हाँ ! कुछ ऐसा ही था” मनु ने मुसकराते हुए कहा- “बात तो तुम ठीक ही कह रहे हो। मुझे तो कुछ समझ ही नहीं आ रहा। लगता है जैसे मैं दोहरा जीवन जी रहा हूँ।”

“जैसा कि मैं पहले ही कह चुका हूँ कि इसमें कोई आश्चर्य की बात नही है। कुछ दिनों में ही सब ठीक हो जाएगा। जब तक तुम्हारा पृथ्वी लोक से संपर्क बना रहेगा तब तक तुम्हारी ऐसी डांवाडोल सी स्थिति बनी ही रहेगी।” गोपाल ने कहा।

“यह संपर्क तो मेरा बना ही रहेगा। इसके बिना तो मैं रह भी नहीं सकता। वहां पर मेरा परिवार, पत्नी, बच्चे ,भाई-बहन तथा अन्य साथ सम्बन्धी भी है।” मनु ने कहा।

"नहीं ऐसा नहीं होगा। यह तभी तक है जब तक कि वहाँ पर विधि-विधान अनुसार तुम्हारी अंतिम रस्म क्रिया नहीं हो जाती। उसके पश्चात स्वयंमेव ही तुम्हारा ध्यान वहाँ के संबंधों से हटना शुरू हो जायगा। तुम्हें धीरे धीरे इस बात का आभास होने लगेगा कि यह सारे संबद्ध। रिश्ते-नाते क्षणिक ही हैं। सब मोहमाया का बंधन है। एक जंजाल ही है "गोपाल ने समझाते हुए कहा- "छोड़ अब इस सब को और चल तुम्हें इस नई दुनिया की थोड़ी ओर सैर करवाते हैं।"

कुछ ही देर में वो एक पहाड़ी के ऊपर बैठे सामने संमुन्दर का दृश्य देख रहे थे। समुद्र की लहरें ! ऊपर आकाश में बादलों के बीच उड़ते हुए पक्षी ! अनुपम छटा व रंग बिखरा रहे थे।

इतनी देर में उन्हें सामने से एक बुजुर्ग दंपति आते हुए दिखाई दिए। गोपाल ने उनकी ओर इशारा करते हुए कहा- "वो देखो सामने तुम्हारे मम्मी डैडी आ रहे हैं।"

मनु उन की ओर देखने लगा। सामने से उसके मम्मी डैडी ही आ रहे थे। जो कि बहुत देर पहले ही पृथ्वी लोक से स्वर्ग लोक में आ चुके थे।

गोपाल का उनकी ओर देख कर उनके विषय में कुछ कहना और मनु का उनकी ओर देखना इसमें समय का कोई अंतर नहीं था। वो पलक झपकते ही उन दोनों के पास आ गए थे।

मनु को देखते हुए वो मुस्कुरा दिए। मनु ने उन्हें देख कर उठने का प्रयास किया। किन्तु उस के माता पिता ने मानों कह दिया था कि इस सब की कोई आवश्यकता नहीं। मनु ने उन्हें देख कर क्या सोचा अथवा क्या कहा यह अलग बात थी । किन्तु उसके माता पिता जो कह रहे थे वो बिना उनके बोले हुए शब्दों के ही सब कुछ समझ रहा था।

वो उसे बता रहे थे- "यहां किसी सम्बन्ध का या रिश्ते नाते का कोई अस्तित्व नहीं रह जाता। यह सब पृथ्वी लोक से आने के बाद धरती पर ही छूट जाते हैं। यहां से हरे रिश्ते की एक नई शुरुआत होती है। यहां आई हुई आत्माएं अपने क्रियाकलाप से अथवा सोच विचार से कितनी आध्यात्मिक उन्नति करती हैं, आने वाला जीवन उसी बात पर निर्भर करता है। कुछ लोग तो बहुत शीघ्र ही अपने जीवन को परिष्कृत कर अथवा आध्यात्मिक ज्ञान प्राप्त कर उच्चतम लोक में चले जाते हैं या

फिर पृथ्वी लोक के प्रति मोह या तृष्णा से उन्हे फिर से धरती पर ही जन्म लेना पड़ता है।" मनु के पिता उसे निरंतर कह रहे थे।

"यहां आने वाली हर मनुष्य आत्मा को चाहिये कि वह अपने सारे मित्र सम्बन्धियों को भूल जाए तथा अपने आने वाले जीवन के बारे में सोचे। इसी में उसका अपना भी भला होता है तथा पृथ्वी पर रह रहे अन्य लोगों का भी। गोपाल ने शायद तुम्हें भी बताया ही होगा कि हम यहां पर नहीं रहते हैं।"

"नहीं अंकल! अभी मैंने इसे आप लोगों के विषय में कुछ भी नहीं बताया है।" गोपाल ने कहा।

"अभी तुम यहाँ पर नए हो। धीरे धीरे यहां के विषय में सब कुछ समझ जाओगे।" मनु के पिता ने कहा- "तुम हमारे बेटे नहीं हो। न ही हमें ही तुम से कोई लगाव है। यह सारे साथ सम्बन्ध धरती पर ही रह जाते हैं। यहाँ हम ने जो कुछ भी तुम्हें बताया है यह तुम्हें कोई भी बता देता या समझा देता।" मनु के पिता ने फिर कहा।

"जैसा कि हमने पहले ही तुम से कहा है कि अब हम लोग इस लोक में नहीं रहते हैं। अब हम इससे ऊपर के उच्च लोक में रहते हैं। जैसे जैसे इंसान को यहाँ रहते हुए समय व्यतीत होता जाता है या फिर उसकी विचारधारा में परिवर्तन आता जाता है उसका सम्बन्ध स्वयमेव ही इस लोक से विच्छेद होता जाता है। फिर या तो वह उच्चतम लोक में चला जाता है या फिर पृथ्वी लोक में जा कर फिर से नया जन्म ले लेता है।" कहते हुए मनु के डैडी के चेहरे पर गंभीरता का समावेश उत्पन्न हो गया था।

इस बीच मनु की मम्मी खामोश ही रहीं। मनु के डैडी ने फिर कहा- "हम इस लोक में नहीं आते। बल्कि यूं समझो कि इस लोक में आने से हमें कष्ट होता है। हमें जैसे ही तुम्हारे आने के विषय में ज्ञात हुआ हमें तुम्हारी सहायता का ध्यान हो आया। वैसे तो यहां पर हर आत्मा एक दूसरे की सहायता करती ही है, विशेषता पूर्व जन्म के मित्र सम्बन्धी जो यहां पर पूर्व से उपस्थित होते हैं। किन्तु कई बार हमारे जैसी आत्माएं भी परम-पिता परमात्मा या सर्वशक्तिमान ईश्वरीय अनुकम्पा व प्रेरणा से उनकी सहायता तथा मार्गदर्शन के लिए यहाँ इस लोक में चली आती

हैं।"

9

मनु को यहाँ भुवर्लोक में आए हुए नौ दिन हो गए थे। इस बीच वह अपने कई पूर्व-परिचित लोगों से भी मिला। जिन्हें वह अपने जीवन काल में कभी न कभी, कहीं न कहीं मिल चुका था तथा वो उसकी मृत्यु से पूर्व ही पृथ्वी लोक से इस लोक में आ चुके थे। यहां उसने कई स्थानों का भ्रमण भी किया तथा यहां के जीवन के बहुत से रहस्यों से भी एक सीमा तक परिचित हो गया।

इस बीच मनु कई बार पृथ्वी लोक के भी चक्कर लगा आया था। वह जब भी पृथ्वी लोक पर जाता तो आमतौर पर अपने घर के आस पास ही रहता था। कभी कभी बीच बीच में वह किन्हीं पुरानी यादों में भी खो जाता और उन स्थानों की ओर भी चला जाता करता था, जिन का कि उससे अपने जीवन काल में कुछ न कुछ सम्बन्ध रह चुका था।

दिन व्यतीत हो रहे थे। दस दिन ! ग्यारह दिन तथा फिर बारह, तेरह दिन। मृत्यु संस्कार के पश्चात की सारी धार्मिक व आवश्यक क्रिया प्रणाली पूर्ण हो चुकी थी। इसी के साथ साथ ही दिन प्रतिदिन उसकी पृथ्वी लोक के प्रति रुचि उकताहट में भी बदलती जा रही थी।

फिर ऐसा होता भी क्यों नहीं ! वहाँ न ही तो वह किसी से बात कर सकता था। न ही किसी वस्तु को स्पर्श कर सकता था अथवा न ही किसी को देख सकता था। न ही कोई उसे देख सकता था। इस कारण भी उसे वहां पर अपना अस्तित्व निरर्थक सा लगने लगा था और यह भी एक कारण था उसकी पृथ्वी लोक के प्रति रूचि के कम होने का।

अब तक उसका मित्र आकाश भी पृथ्वी लोक पर चला आया था। अपने मामा के घर। हालांकि उससे मिलने का मनु ने एक दो बार प्रयास भी किया था। किन्तु अब तो यह उसके जन्म से पहले मिल पाना संभव भी नहीं था।

हाँ ! कुछ मोह था उसका यहां के प्रति, जो कि स्वाभाविक भी था। लेकिन अब व्यतीत होते समय के साथ वो भी कम होने लगा था। अब एक तरह से मनु का पृथ्वी लोक से सम्बन्ध विच्छेद ही हो चुका था। धीरे धीरे अब उसे जीवन की सच्चाई समझ में आने लगी थी। संक्षिप्त शब्दों में यदि कहा जाए तो उसे भू-लोक और इस लोक की व्यवस्था और यहां की जीवन शैली समझ में आने लगी थी। अब उसने भी यहां पर अपने मित्रों की तरह ही अपनी एक अलग ही दुनिया बसा ली थी। यह स्वाभाविक भी था तथा आवश्यक भी। आखिर ऐसे सम्बन्ध जिनका इस दुनिया में कोई औचित्य ही नहीं रह जाता था, कब तक उन को साथ में ले कर चला जा सकता है? एक न एक दिन तो उन से विमुख होना ही है। यादों के सहारे तो फिर भी कुछ देर जिया जा सकता है, किन्तु छूट चुके रिश्ते अधिक देर तक तो साथ नहीं चलते हैं न !

10

लगभग एक वर्ष व्यतीत हो चुका था। आकाश ने पृथ्वी लोक में अपने मामा के घर जन्म ले लिया था। जन्म जन्मांतर के इस फेर में नाते रिश्ते कैसे बदलते हैं, यह इसका एक उदाहरण मात्र ही था। जो आत्मा भी इस लोक से भू-लोक में जन्म लेती है वह सदैव अपने ही परिवार में या किसी सम्बन्ध में जन्म लेना चाहती है। यह शायद आत्मिक संबंधों के आपसी खिंचाव के कारण होता है या फिर किसी अन्य कारण से। किन्तु आमतौर पर ऐसा ही होता है। हाँ ! अपवाद स्वरूप किसी आत्मा का जन्म किसी अन्य स्थान पर भी हो सकता है। पर यह मुख्यतः आत्मा की अपनी इच्छा व रुचि पर निर्भर करता है। वह व्यक्ति जो किसी समय आकाश का मामा था, आज इस पुनर्जन्म के फेर में पिता बन गया था और जो उसकी मामी थीं वह उसकी माता बन गई थीं। किन्तु यह सब अज्ञात होने की वजह से इसका सामाजिक व्यवस्था में कहीं पर भी कोई भी अंतर नहीं पड़ता।

समय अपनी निर्बाध गति से आगे बढ़ता जा रहा था। पल दिन में, दिन माह में और माह वर्ष में परिवर्तित होते जा रहे थे। अब मनु का भी पृथ्वी लोक पर आना जाना नाम मात्र का ही रह गया था। उसके मित्र तो वैसे ही पहले भी बहुत कम पृथ्वी लोक में आते थे। अब उसका भी यहां पर आना कम हो गया था। सभी अब अपनी ही दुनिया में रच बस से गए थे।

उन्हें मालूम हो गया था कि अब यही उनकी दुनिया है और अब इसमें ही उन्हें रहना हैं। फिर भी कभी कभी उत्सुकता वश ही घूमते हुए वो

पृथ्वी की ओर भी चले आया करते थे। घर परिवार के सदस्यों को दूर से ही देख लिया करते थे। कर तो वो कुछ सकते नहीं थे। सच्चाई का उन्हें भी आभास हो ही गया था। बस वो दर्शक मात्र ही थे। कभी जो घूमते हुए वह आकाश की ओर जाते तो आकाश को देख कर उनके चेहरों पर एक प्रकार की मुस्कान सी खिल जाती। अब आकाश की आयु लगभग छहः माह से अधिक हो चली थी। वह अपने मित्रों को पहचानता था। उन्हें देख कर मुस्कुरा भी दिया करता था। किन्तु बात नहीं कर पाता था। हालांकि बातें करने का प्रयास अवश्य ही किया करता। किन्तु सफल नहीं हो पाता था।

इस बीच एकाध बार स्मृति भी उनके घर आई थी। उसने बहुत बार आकाश को अपनी बाजूओं में उठाया भी था। किन्तु उसे क्या मालूम था कि यह उसका आकाश ही है। वह तो स्वाभाविक रूप से बच्चों के प्रति प्रेम के वशीभूत होकर ही उसे उठा लिया करती थी। उठा कर उसे अपने सीने से लगा लेती थी। चूम लेती थी और ढेर सा प्यार भी करती थी।

कैसी प्रकृति की लीला थी। स्मृति आकाश को मन की अथाह गहराइयों से प्यार करती थी। आकाश भी उसे दिलो-जान से चाहता था। फिर भी एक दूसरे से इतना प्यार होने के उपरान्त भी वो आपस में मिल न सके। सदा के लिए बिछुड़ गए। सदैव के लिए एक दूसरे को उन्होंने खो दिया था।

भाग्य की विचित्र ही विडंबना थी। दोनों प्रेमी एक दूसरे के बहुत समीप होते हुए भी बहुत दूर थे। उनके बीच वर्षों के फासले थे। आयु का फ़ासला था। सब से ऊपर पहचान का भी फ़ासला था। यह एक ऐसी सच्चाई थी। जिसे शायद ही भूलोक में कोई भी नहीं जानता था। जो जानता था वह उसे व्यक्त नहीं कर सकता था।

आकाश स्मृति को देखता था। पहचानता था। उसे देख कर मुस्कुराता था। खिलखिला कर हँसता भी था। उससे प्यार भी करता था। जैसे ही कभी स्मृति उस गांव में आती तो स्वाभाविक रूप से या प्राकृतिक आकर्षण वश उससे मिलने अवश्य ही चली आया करती थी। ऐसा ही कुछ शायद आकाश के साथ भी था। उसे भी स्मृति की प्रतीक्षा रहती थी।

जब उसे चाहा तब वह उससे मिल न सका। जब मिला तो तब वो उसे पा न सका। कुछ ऐसा ही तो था स्मृति और आकाश के साथ भी।

समय अपनी निर्बाध गति से चलता जा रहा था। प्राकृतिक दृश्य परिवर्तित होते जा रहे थे। परिवर्तन आते रहे जाते रहे । शायद ऐसा ही होता है जीवन में भी। जीवन परिवर्तनशील है। जीवन में धीमे धीमे ऐसे परिवर्तन होते ही रहते हैं, जिनका भेद इस जीवन में इसके नियंता के अतिरिक्त शायद ओर कोई नहीं जानता। शायद इसी का नाम जीवन है।

11

आकाश इस समय चार वर्ष का हो चुका था। उसके सभी साथी मनु, कुलदीप, गोपाल अमरीक सिंह आदि उसकी नित्य प्रति की गतिविधियों का अवलोकन करते रहते थे। कभी हँसते, तो कभी मुस्कुराते।

आकाश का इस समय इन लोगों के साथ सम्बन्ध अब एक तरफ का ही रह गया था। वो सभी तो आकाश को देखते भी थे किन्तु आकाश उन सब में से किसी को भी नहीं देख सकता था। अब उस के सामने एक ऐसी दुर्भेद्य दीवार स्थापित हो चुकी थी जिसके दूसरी ओर वह नहीं देख सकता था। उसके अदृश्य लोक के साथी उसे देख सकते थे। किन्तु वो भी उससे बात नहीं कर सकते थे। सब कुछ जानते हुए भी। उधर उ के मित्रों का मन भी होता था आकाश से बातें करने का, किन्तु इस में वो विधि के विधान के नियमानुसार सफल नहीं हो पाते थे।

अब आकाश को स्मृति के विषय में कुछ भी स्मरण नहीं रहा था। जैसा कि इस से पूर्व की बाल्यावस्था में था। अब कभी स्मृति उससे मिलने आती तो आकाश का उसके प्रति पूर्व जन्म के सम्बन्ध के कारण आकर्षण तो होता, वह उससे मिलने के लिए प्रयास शील होता। स्मृति भी उसी आकर्षण के वशीभूत उससे मिलने के लिए लालायित होती, किन्तु प्रकृति के नियमानुसार वो एक दूसरे को पहचान नहीं सकते थे।

एक दिन की बात है। स्मृति गांव में आई हुई थी। गांव में आए और फिर वह आकाश से मिलने न आए, ऐसा तो हो ही नहीं सकता था। उसका पति घर में था। किन्तु स्मृति आकाश से मिलने के लिए उसके घर आई हुई थी। वह आमतौर पर सारा दिन उन्ही के घर पर रहती थी, बल्कि यूँ

भी कहा जा सकता है कि उस दिन सारा दिन वह आकाश के पास ही रही थी। न जाने उस दिन क्या बात थी कि शाम के समय जब स्मृति के पति ने उसे बुलाया तो भी उस का आकाश को छोड़ कर वापस घर जाने को मन नहीं हो रहा था । किन्तु घर तो वापस जाना ही था। अब इसे क्या कहा जा सकता है कि यह क्या था ? पूर्व जन्म के आकर्षण का प्रभाव या कुछ ओर ? क्या ऐसा भी होता है ? क्या पूर्व-जन्म का आकर्षण पुनर्जन्म के पश्चात भी बना रहता है ?"

यह दूसरे दिन की बात है। आकाश सुबह जब सो कर उठा तो तभी से रोने लगा था। उसकी माँ उस समय रसोई के काम में लगी हुई थी। उस के पिता ने उसे चुप करवाने की कोशिश की। पश्चात में उसकी माँ ने भी उसे चुप करवाने की बहुत कोशिश की थी। किन्तु सब व्यर्थ। न जाने क्या बात थी ? किसी की भी समझ में कुछ नहीं आ रहा था। माँ से डाँट भी पड़ी। माँ ने प्यार भी किया। किन्तु इसका कोई भी लाभ नहीं हुआ।

उसके सभी मित्र, मनु, कुलदीप सिंह, किशोर कुमार, गोपाल तथा अमरीक सिंह भी यह सब देख रहे थे। माँ बाप का मनाना और फिर उनसे पड़ती हुई डाँट भी देखी।

अमरीक सिंह से हँसते हुए कहा रहा था- "अब आया न मज़ा बच्चू, यह क्या ड्रामेबाजी कर रहा है ?"

"बात कुछ अवश्य है मनु ! लगता है या तो उसने कोई बुरा स्वप्न देख लिया है या वास्तव में ही इसे स्वास्थ्य में कोई परेशानी हो गई है।" अमरीक सिंह ने कहा।

जब किसी की भी समझ में कुछ नहीं आया तो तब उसके माँ बाप ने उसे डॉक्टर के पास ले जाने का निर्णय लिया और उसे एक डॉक्टर के पास ले गए । डाक्टर ने ध्यान से निरीक्षण किया तथा यह कह कर कि उसके पेट में दर्द है, उन्हें कुछ दवा लिख कर दे दी तथा 'स्टूल' परीक्षण करवा कर रिपोर्ट दिखाने को कह कर, उन्हें घर वापस भेज दिया। उन्होंने डाक्टर की लिखी हुई दवाई बाज़ार से ले तो ली । किन्तु इस से भी आकाश के माँ बाप को कोई संतुष्टि नहीं हुई।

शाम को वो उसे किसी झाड़ फूंक वाले के पास भी ले गए । जिस ने उसे नज़र का दोष का कारण बता कर कुछ भ-भूत दे कर आकाश को

खिला देने के लिए कहा तथा इसके साथ ही जलती आग में कुछ ताबीज वगैरह डाल कर उसका धुंआ आकाश के इर्द गिर्द तथा घर के भीतर घुमाने के लिए भी कहा ।

यही समय था जब स्मृति अपने पति सचिन के साथ अपने घर वापस जा रही थी । जी हां ! सचिन ही था स्मृति के पति का नाम। सचिन गाड़ी चला रहा था। स्मृति खिड़की से बाहर प्रकृति के दृश्यों का अवलोकन कर रही थी। पहाड़ी घुमावदार रास्ता था। उस पर धीमी धीमी हवा के मदमस्त झोंके भी चल रहे थे। मौसम कुछ ठंडा तथा सुहावना सा था। फिर जब साथ में प्यारा साथी भी हो तो नशा सा छा जाना स्वाभाविक ही है। ऐसे में होश ही कहाँ रह जाती है। समाँ ही कुछ ऐसा बेसुध सा कर देने वाला था। गाड़ी हवा से बातें कर रही थी।

बस ऐसे ही हवा से बातें करते हुए ही गाड़ी कब सचिन के नियंत्रण से बाहर हो गई इसका कुछ भी पता न चला। एक झटका सा लगा। अगले ही पल स्मृति ने अपने आप को हवा में लहराते हुए देखा। वह एक प्रकार से जैसे शून्य में खड़ी थी। वह आश्चर्य से सामने खाई में पलट कर गिरती हुई अपनी गाड़ी को देख रही थी, जो कि खाई में गिरने से पहले ही एक प्रकार से आग के गोले में परिवर्तित हो चुकी थी। गाड़ी से कुछ ही दूरी पर सचिन घायल अवस्था में पड़ा हुआ तड़प रहा था। स्मृति को एकाएक ही कुछ भी समझ में नहीं आया कि यह सब क्या हो गया था ?

वह तुरंत ही सचिन की ओर लपक कर चली आई। आश्चर्य ! ऐसा विचार आते ही वह सचिन के पास खड़ी थी। यह सब कब और कैसे हुआ उसकी समझ में कुछ भी नहीं आया। यह सोचने का अब समय भी नहीं था। उसने आगे बढ़ कर सचिन की सहायता करने का प्रयास करना चाहा। किन्तु इस में वह सफल नहीं हो सकी। उसको ऐसा प्रतीत हो रहा था कि जैसे वह हवा में लहराता हुआ एक बुत ही हो। इसके अतिरिक्त कुछ भी नहीं।

बेबसी से वह सहायता के लिए इधर उधर देखने लगी। किन्तु वहाँ पर उसकी सहायता के लिए कहीं कोई भी नहीं था।

थोड़ी देर तक वह यूँ ही खड़ी रही। घायल अवस्था में पड़ा हुआ सचिन तड़प रहा था। किन्तु वह उसकी कुछ भी सहायता कर पाने में असमर्थ

थी। कुछ देर तक यूँ ही सचिन उसकी आंखों के सामने ही तड़पता रहा फिर उसकी सुध-बुध खो गई। पास ही उनकी गाड़ी अब भी जल रही थी।

उसी समय उसे ऐसा प्रतीत हुआ कि जैसे उसके पास ही कोई ओर भी है । उसने यूँ ही दृष्टि घूमा कर अपनी दाहिनी ओर देखा तो उसे आकाश में अपने पास ही तीन आदमी खड़े दिखाई दिए। उसे लगा कि वह उन्हें पहचान सकती है। इसके पहले कि वह उन्हें पहचान पाती, उसे दूसरी ओर ऊपर सड़क पर कुछ लोगों का कोलाहल सा सुनाई देने लगा। इसी के साथ ही उस पर एक प्रकार की तंद्रा सी छाने लगी। उसने अपने आप को संतुलित करने का प्रयास किया किन्तु अगले ही पल वह भी मूर्छित हो चुकी थी।

12

कुछ मनु की तरह ही स्मृति का भी अनुभव था। उसने भी मनु की ही तरह अपने साथ एक देव दूत जैसे महानुभाव का अनुभव किया था। फिर जैसे ही उसकी मूर्च्छा टूटी उसने उनींदी आँखों से अपने समीप खड़े महापुरुष के साथ ही कुछ अन्य लोगों को भी देखा। वह बहुत आश्चर्यचकित सी थी। उसकी समझ में कुछ भी नहीं आ रहा था कि यह सब क्या है ! उन्हें वह पहचानने का प्रयास करने लगी। अभी उसने मनु को ही पहचाना था कि तभी उस देव दूत जैसे महापुरुष ने उसे अपना परिचय दिया तथा फिर दूसरी ओर खड़े मनु, कुलदीप तथा गोपाल से भी उसका परिचय करवाया। जिन्हें स्मृति पहले से ही जानती थी।

इसके साथ ही उस देव दूत तुल्य महापुरुष ने उन तीनों को भी स्मृति को सारी सच्चाई से अवगत कराने के लिए कहा तथा स्वयं वहाँ से चले गए।

उसके जाने के पश्चात मनु, कुलदीप तथा गोपाल स्मृति के पास आ गए। उन्होंने एक बार फिर से संक्षेप में अपना परिचय दिया तथा फिर मरणोपरांत इस जीवन की सच्चाई को समझाने लगे।

ठीक उसी समय जब मनु, कुलदीप तथा गोपाल स्मृति को इस जीवन के विषय में समझा रहे थे, उसे सचिन का तथा अभी अभी हुई दुर्घटना का स्मरण हो आया। अगले ही पल वह फिर से पृथ्वी पर थी।

वहाँ पर बहुत से लोग इकट्ठा थे । सभी गाड़ी की ओर ही देख रहे थे । सामने ही उसकी बुरी तरह से जली हुई गाड़ी पड़ी हुई थी। उसी के बीच में ही उसका जला हुआ शरीर भी पड़ा था। किंतु इस समय सचिन वहां

पर नहीं था। उसे शायद वहाँ से हॉस्पिटल ले गए थे।

हॉस्पिटल का ध्यान आते ही स्मृति हॉस्पिटल में थी। हॉस्पिटल में वहाँ उसे सचिन को ढूंढने में कोई असुविधा नहीं हुई। शीघ्र ही वह सोचने भर से ही वहां पर सचिन के पास ही उपस्थित थी।

सचिन बेड पर बेसुध पड़ा हुआ था। पास में है ही उसके साथ एक कुर्सी पर उसकी मां बैठी हुई थी। साथ में सचिन के उसका एक मित्र खड़ा था। वो सभी गंभीर थे । इतने में ही वहाँ पर एक डाक्टर आ गए। उन्होंने सचिन का निरीक्षण किया तथा उसकई मां को ढाढ़स बंधाते हुए कहा- “मां जी ! घबराइए नहीं। कुछ ही दिन में आपका बेटा पूरी तरह से स्वस्थ हो कर घर चला जाएगा।” इतना कहते हुए साथ आई हुई नर्स को आवश्यक निर्देश देने के पश्चात वह दूसरे बेड की ओर बढ़ गए।

स्मृति यह सब कुछ बहुत ध्यान से देख रही थी। उसकी सास सचिन के मित्र के साथ उसके ही विषय में बात कर रही थी । उसकी मृत्यु तथा उसके दाह-संस्कार की बात। स्मृति को यह सब सुनते हुए बहुत ही अजीब सा लग रहा था। वहाँ पर जो भी मित्र सम्बन्धी आता सचिन के विषय में बातचीत करता। फिर स्मृति की मौत पर भी अफसोस प्रकट करता। स्मृति यह सब देख सुन ही सकती थी। कर कुछ भी नहीं सकती थी। करती भी क्या? किसी को भी उसकी उपस्थिति का एहसास ही नहीं था।

स्मृति इस सच्चाई को पूरी तरह सेसमझ गई थी। किन्तु फिर भी यह सब उसे स्वीकार नहीं हो पा रहा रहा। इसी छटपटाहट में ही कभी वह अपने पिता के पास चली जाती। तो कभी उस दुर्घटना स्थल की ओर चली जाती यहां उनकी जली हुई गाड़ी अब भी पड़ी हुई थी, या फिर अपने घर ससुराल में। यहां पर उसकी मृत्यु उपरांत होने वाले क्रिया-क्रम की कार्यवाही की जा रही थी। इसके पश्चात फिर वापस हॉस्पिटल में सचिन के पास।

यह नित्य कर्म चलता रहा। सप्ताह भर में ही सचिन को हॉस्पिटल से छुट्टी मिल गई थी तथा वह पूर्णता स्वस्थ हो कर घर वापस आ गया था। स्मृति की मृत्यु के पश्चात होने वाले कार्यों में भी सम्मिलित हुआ।

कुछ दिन यों ही दुःख भरा वातावरण रहा। फिर धीरे धीरे सब कुछ सामान्य होता चला गया। स्मृति के पिता ने भी इस सब को एक बीती हुई कहानी समझ लिया था। अपने परिवार में से किसी के बिछोह को भुला तो नहीं जा सकता किन्तु यादों को अपने सीने में रख कर जीने के अतिरिक्त अन्य कोई मार्ग भी तो नहीं। कभी कभी न चाहते हुए भी जीवन में अनचाही सच्चाई को भी स्वीकार करना ही पड़ता है।

कहते हैं कि समय बड़े से बड़े घाव कोई भी भर देता है। ऐसा ही कुछ शायद सचिन के पिता ने तथा उसके भाई बहनों के साथ भी हो रहा था। उनके घर में अब तो व्यतीत होते समय के साथ साथ सचिन के पुनर्विवाह की बातें भी होने लगी थी।

शायद यही कारण था कि स्मृति का मन भी अब भूलोक से विमुख होता चला जा रहा था। उसने भी जीवन की इस सच्चाई को अंततः स्वीकार कर ही लिया।

13

मध्यांतर

14

बहुत ही खूबसूरत स्थान ! अद्भुत सौंदर्य ! चारों ओर बिखरा हुआ सौंदर्य ! फिर रमणीक पहाड़ियों पर लहरा रहे देवदार के वृक्ष तथा अनेक प्रकार के पौधे, वनस्पतियां ! जिनके बीच से बहती हुई ठंडी हवाएँ किसी भी प्राकृतिक प्रेमी के मन को विभोर करने में सक्षम थीं!

यह स्थान है जम्मू कश्मीर राज्य के जिला राजौरी में कालाकोट तहसील में बसा हुआ खूबसूरत मोहवला गांव का। यहां पर कोयले की खदान भी है। कहने को तो कालाकोट का शुष्क वातावरण है, किन्तु मोहवला गांव इसके पीछे पहाड़ी के दूसरी ओर होने से तथा कुछ ऊंचाई पर होने से इतना शुष्क नहीं है। इसकी अलग ही अनुपम व अत्यंत मोहक छटा है।

यहीं पर ७ नवंबर १९६० के दिन उसका फिर से पुनर्जन्म हुआ था। कमलेश का। कहने का मतलब है स्मृति का। उसके माता पिता ने कमलेश ही नाम रखा था उसका। जिसे प्यार से सभी किम्मी भी कहते थे। अब कमलेश ने इस छोटे से गांव में क्यों जन्म लिया, इसके विषय में तो नहीं कुछ भी कह सकते। यह तो उसकी इच्छा पर ही निर्भर करता था। पर जिस परिवार व स्थान में जन्म लिया, वो दोनों ही बहुत अच्छे थे। कमलेश के पिता सेना में थे। जो अब सेवा-निवृत हो चुके थे। उनके दो लड़कियाँ तथा एक लड़का था। कमलेश इन में सब से छोटी थी।

कमलेश के पिता ने उसी गांव में शादी की थी जिस गांव में आकाश के मामा मामी रहते थे। इस कारण उनका तथा परिवार के अन्य सदस्यों का वहाँ आना जाना होता ही रहता था। बच्चों की माँ का मायका और

बच्चों के नौनिहाल। फिर मोहवला गांव से यह कोई अधिक दूर भी नहीं था। किसी न किसी कारण से घर के किसी न किसी सदस्य का माह में एकाध चक्कर यहां का लग ही जाता था और जब भी कोई आता तो कमलेश आमतौर पर उसके साथ अवश्य ही चली आती थी। घर में बड़ी बेटी जो थी। फिर बड़ा बेटा हो या बेटी, घर में सब का उसके साथ विशेष लगाव तो होता ही है।

कमलेश के आते रहने से यहां के बच्चों से भी उसकी अच्छी जान पहचान हो गई थी। गांव में पास पास एक दूसरे से सटे हुए घर होते हैं। सभी बच्चों का आपस में अच्छा मेल मिलाप होता है। सभी बच्चे जब भी समय मिलता है, आपस में मिलजुल कर तरह तरह के खेल खेलते हैं।

आकाश के मामा का घर भी यहीं पास ही था। जब उनके घर आकाश का जन्म हुआ तो उन्होंने उसका नाम राजीव रखा। प्यार से सब उसे राजू नाम से ही पुकारते थे। अब इसे संयोग कहें या विधि का खेल, आकाश या राजीव का कमलेश के साथ आपस में जन्म जन्मांतर का संबंध होने के पश्चात भी वो एक दूसरे को नहीं पहचान सकते थे।

गांव में लगभग सभी बच्चों को एक दूसरे से जान पहचान होती ही है। सभी नित्यप्रति एक दूसरे से मिलते रहते हैं। इसी कारण राजीव और कमलेश, पूर्व जन्म के आकाश तथा स्मृति भी जब एक दूसरे से पहली बार मिले तो इस जन्म में भी उनकी आपस में शीघ्र ही एक दूसरे से अच्छी जान पहचान हो गई।

राजीव बालपन तथा बच्चों के आपसी स्वाभाविक प्रेम के वशीभूत कमलेश से मिलता ही रहता था। यहां तक कि जब भी कमलेश के घर जाता तो घंटों वहाँ व्यतीत हो जाते। वैसे भी समय की तो बच्चों के पास कमी होती नहीं है। पहर निकल जाते हैं जब वो आपस में बातें करने लगते हैं या खेलने में लग जाते है।

फिर राजीव को वैसे भी मित्रों के साथ खेलते रहना या देर तक बातें करते रहना बहुत ही अच्छा लगता था। विशेष कर कमलेश के साथ। हालांकि इस समय कमलेश की आयु चार वर्ष की थी और राजीव की दस वर्ष। किन्तु राजीव को कमलेश का साथ अति प्रिय लगता था। उसको घंटों उसके पास ही बैठे रहना, उसी से बातें करते रहना, खेलते रहना, उसे

बहुत ही अच्छा लगता था।

जिन दिनों कमलेश यहां पर नहीं होती तो राजीव बहुत उदास हो जाया करता था। फिर उसका इंतजार रहता कि कब कमलेश आएगी। जब आती तो वह अति प्रसन्न हो जाता मानों जीवन भर की ख़ुशियाँ उसे मिल गई हों।

ऐसे ही समय व्यतीत हो रहा था। जाने अनजाने उन दोनों में प्यार पनपता जा रहा था। किन्तु उसे अब तक कोई समझ नहीं पाया था। यहां तक कि वह स्वयं भी इस विषय में कुछ भी नहीं जानते थे। बस एक दूसरे से मिलना ही उन्हें अच्छा लगता था। ढेरों बातें करना अच्छा लगता था। साथ साथ खेलते रहना अच्छा लगता था। घंटों साथ बैठे रहना अच्छा लगता था। साथ साथ सपने देखना अच्छा लगता था। शायद इसे ही प्यार कहते हैं या यही प्यार का आरम्भ है। इसे उन दोनों में से अब तक शायद कोई भी नहीं समझता था।

सभी इसे मित्रों का आपसी लगाव ही समझते थे। कभी कभी उनमें रूठना भी हो जाता। जब कभी ऐसा होता तो उस समय वे दोनों ही उदास भी हो जाया करते थे। सबसे अधिक परेशानी तो तब होती जब कमलेश अपने गांव मोहवला चली जाती और राजीव की फिर स्वप्न में ही उससे मुलाक़ात हो पाती। अब कमलेश की शीघ्र ही तो भेंट हो नहीं पाती थी। कोई बहाना ही होता। तभी वह अपने नौनिहाल में आ पाती, तो तभी राजीव की भी उससे भेंट हो पाती थी। ऐसे तो संभव नहीं था। चिट्ठी पत्र का ही चलन था उन दिनों। राजीव सातवीं कक्षा में पढ़ रहा था। एक दिन न जाने राजीव के दिल में क्या विचार आया कि उसने कमलेश को एक प्यार भरा पत्र लिख दिया। प्रेम-पत्र!

"प्रेम-पत्र !" गोपाल ने हँसते हुए कहा- "अच्छा बेटा ! बहुत अच्छे जा रहे हो बेटा।"

मित्र मंडली ! जो कभी कभी राजीव और कमलेश की गतिविधियों को देख लिया करते थे। कभी कभी वो सब प्रसन्न भी होते थे। राजीव उनका मित्र जो था। तो उस नाते से कमलेश उन सभी की भाभी ही लगती थी। वैसे कमलेश इस लोक में उनके पास अभी कोई अधिक देर तक तो रही नहीं थी। फिर भी उन्हें उस की दिल की अवस्था का कुछ सीमा तक

तो भान था ही। किन्तु यह सब तो उन दोनों की शादी हो जाने के बाद की बातें थीं। अभी तो वो दोनों ही राजीव और कमलेश अपने बचपन में ही थे। आगे चल कर विधि के विधान में क्या निश्चित हुआ है यह तो निश्चित रूप से किसी को भी मालूम नहीं था। फिर भी, निःसन्देह वो सब हृदय से चाहते थे कि उन दोनों का मिलाप हो जाए। इसलिए वो सभी मित्र मध्य में जब भी समय मिलता, कभी कभी उन दोनों के क्रियाकलाप को देख लिया करते थे। उनकी खोज खबर ले लिया करते थे।

यह तो सर्वविदित ही है कि उस परम-पिता परमेश्वर के विधान के अपने ही नियम हैं। अपनी ही व्यवस्था है। जिसे जितनी देर यहां रहना है उसे इतनी देर रहना ही होगा। मन तो होता कभी कभी कि वो सब भी भू-लोक में जाकर उन सब की खेलों में सम्मिलित हो जाएँ और खूब खेलें । खूब धूम मनाएं। किन्तु यह सब मुमकिन नहीं था। इस बात को वो सब लोग जानते ही थे।

वास्तव में इस लोक से कोई भी आत्मा भू-लोक में फिर से जन्म नहीं लेना चाहती। भुवर्लोक में जो आनंद व आत्मिक संतोष है, उसकी पृथ्वी-लोक में कल्पना भी नहीं की जा सकती। जो भी एक बार यहां आ जाता है, वह बहुत कम ही भूलोक में लौट कर जाना चाहता है। क्योंकि यहां आने के बाद उसे जीवन की वास्तविकता का ज्ञान हो जाता है। फिर वह निम्नतर लोक में जाने या भू-लोक में जाने की अपेक्षा भुवर्लोक में ही रह कर प्रगति करते हुए उच्चतम लोक में जाने के लिए प्रयत्नशील रहता है। इस के लिए वह सदैव अच्छा कार्य कर के तथा सब की भलाई करने के लिए, अच्छे कार्य करने के लिए ही प्रयासरत रहता है। इसी कारण वह यथा संभव पृथ्वी-वासियों की भी सहायता करने की कोशिश करता है। किन्तु यहां पर उसकी अपनी सीमाएं होती हैं। जिस कारण से वह चाह कर भी भूलोके में किसी की सहायता नहीं कर पाता है। वह जो भी संकेत देने का प्रयास करता है, उसे पृथ्वीवासी सीमित क्षमता होने के कारण ग्रहण नहीं कर सकते हैं। जिससे उसके सारे प्रयास निर्थक हो कर रह जाते हैं। बहुत ही कम ही ऐसे संकेत होते हैं जिन्हें पृथ्वी पर कोई समझ सकता है या ग्रहण कर पाने में सफल हो पाता है।

इस भुवर्लोक में वही फिर से जन्म लेना चाहता है जिसेकि यहां के निवासियों के साथ या किसी विशेष के प्रति गहन आसक्ति होती है या फिर दूसरा कारण, उस परम-पिता परमेश्वर द्वारा निर्धारित किसी विशेष उद्देश्य की पूर्ति।

यही कारण था कि वो सब, किसी भी तरह से उनके मध्य चाह कर भी अपनी उपस्थिति प्रकट नहीं कर सकते थे। न ही किसी प्रकार का उन्हें संकेत ही दे सकते थे।

पृथ्वी लोक में आने के पश्चात कुछ ही देर तक, लगभग एक दो वर्ष तक ही उन्हें अपने पूर्व-जन्म की स्मृति शेष रहती है। उसके पश्चात धीरे धीरे यह विलुप्त होती जाती है। तीन चार वर्ष तक वो अपने पूर्व-जन्म की अथवा किसी भी लोक की सभी बातें भूल चुका होता है।

यही बात थी कि, उनके विषय में या अपने पूर्व जन्म के विषय में राजीव और कमलेश को भी इस समय कुछ भी ज्ञात नहीं था। सभी जन्म लेने वाली आत्माओं को अपने पूर्व जन्म का स्मरण कुछ ही देर तक, लगभग डेढ़ दो वर्ष तक ही रहता है। यही प्रकृति का नियम है और यही विधि का विधान भी।

15

कुछ ओर समय व्यतीत हुआ। राजीव तथा कमलेश कुछ और बड़े हो गए। वो फिर पहले की तरह ही आपस में मिलते रहे। कमलेश जब भी अवसर मिलता अपने नौनिहाल आ जाया करती थी। यहां राजीव से भी मुलाक़ात हो जाती थी।

पहले यहां वो बच्चों के साथ खेलते समय आपस में मिलते थे, वहीं अब स्वयं भी अकेले मिलने की चाह लिए रहते थे। अब वो पहले की तरह बच्चे तो रहे नहीं थे। युवा किशोर थे। पहले उनमें जो स्वाभाविक आकर्षण था, वो अब युवा प्रेम के रूप में बदल चुका था।

राजीव यहां तक कि दिल की गहराई से यह निर्णय भी ले चुका था कि वह सारा जीवन अब कमलेश के साथ ही व्यतीत करेगा। बड़ा होने पर वह उसी से शादी करेगा तथा फिर सदा सदा के लिए उसे अपना बना लेगा। फिर आयुपर्यन्त के लिए वो दोनों एक हो जाएंगे।

राजीव तो अपने प्यार और अपने इस निर्णय को कमलेश के सामने प्रकट भी कर चुका था। उसने स्पष्ट रूप से उससे कह भी दिया था कि वह जीवन में यदि शादी करेगा तो उसी के साथ ही करेगा।

कमलेश ने प्रति उत्तर में इतना ही कहा था- “सब कुछ तो हमारे हाथ में नहीं है न राज ! हमारे माता पिता भी तो हैं। उन की भी तो सहमति आवश्यक है। उनको भी तो हम से कुछ अपेक्षाएं हैं न, उन के भी तो कुछ ख़्वाब हैं।”

“तुम सही ही कह रही हो कमलेश !” राजीव हमेशा उसे कमलेश नाम से ही बुलाया करता था- “किन्तु हमारे भी तो जीवन का प्रश्न है। हमारा

अपना भी तो जीवन है। हमारा अपना कोई जीवन नहीं है क्या? हमारी कोई इच्छाएं या स्वप्न नहीं हैं ?"

"लेकिन हमारे माता पिता ने जिन्होंने हमें जन्म दिया है। पाल पोस कर बड़ा किया है। उनके प्रति हमारा भी तो कोई कर्तव्य है। उनका भी तो हम पर कोई अधिकार है। उन्हें भी तो हम से कुछ आशाएँ हैं। अब जैसा हमारे माता पिता हमारे बारे में सोचेंगे तो कुछ गलत तो नहीं सोचेंगे न।" कमलेश ने अपने दिल की बात कही।

"मुझे ज़माने में किसी की भी कोई परवाह नहीं है। बस तुम मेरे साथ रहो। तुम मेरा साथ देती रहो। कहते हुए राजीव ने कमलेश का हाथ पकड़ लिया तथा उसके ही कहे शब्द दोहरा दिए, जो कमलेश ने उसे एक बार कहे थे- 'जीत ही लेंगे बाज़ी हम तुम, खेल अधूरा छूटे न।'

"अच्छा अब मैं चलती हूँ।" कमलेश ने प्रति उत्तर में राजीव से अपना हाथ छुड़ा कर इतना ही कहा और जाने के लिए उठ कर खड़ी हो गई।

"ठीक है। लेकिन जाते हुए मेरी यह बात भी सुन लो कि अब मुझे और कुछ नहीं मालूम। इतना अवश्य ही मालूम है कि मैं ज़िंदगी में कभी भी यदि शादी करूँगा तो तुम से ही करुंगा। नहीं तो जिस दिन तुम्हारी शादी होगी उसी दिन मेरी इस दुनिया से विदाई होगी।" राजीव ने भी उसे कुछ कटुता से कह दिया।

कमलेश ने फिर कुछ नहीं कहा। सिर्फ मुस्कुरा कर उसकी ओर देखा और विदाई स्वरूप 'बाय' कह कर हाथ हिला दिया। जिसके उत्तर में राजीव ने भी अपना हाथ हिला कर 'बाय' कह दिया। इसके पश्चात दोनों वापस अपने अपने घर लौट गए।

इसके बाद बहुत दिन तक उन दोनों की आपस में कोई भी बात नहीं हो सकी। कारण ! कमलेश नौनिहाल से अपने घर वापस मोहवला चली गई थी। बात होती भी तो कैसे ? जब मुलाक़ात ही नहीं हो पाती तो बात भी कैसे होती ? फिर उन दिनों आज जैसी सुविधाएं भी तो नहीं थीं। दोनों ही अपने अपने स्थान पर बेचैन थे। ना ही तो कोई भी आपस में मिल पा रहा था तथा ना ही उनकी आपस में कोई बात ही हो पा रही थी।

कमलेश भी अब निरंतर नौनिहाल में तो रह नहीं सकती थी। अब वहां रहने का कोई न कोई बहाना भी तो होना चाहिए। फिर राजीव भी

कमलेश के पास नहीं जा सकता था। उसके पास भी तो वहां जाने का कोई न कोई बहाना होना चाहिए। उस पर समाज की लोकलाज तथा उनकी मोहब्बत के जगजाहिर हो जाने का भी डर।

कहते ही हैं कि दो प्रेम करने वाले अपनी मोहब्बत को चाहे जितना भी छुपाने का प्रयास कर लें, उनकी मोहब्बत दुनिया के सामने प्रकट हुए बिना नहीं रहती। यह एक न एक दिन दुनिया के सामने प्रकट हो ही जाती है।

ऐसी ही कमलेश तथा राजीव की मुहब्बत भी थी। जो लाख छुपी होने पर भी छुपी हुई नहीं थी। लोगों में थोड़ी बहुत इसके विषय में कानाफूसी होती ही रहती थी। लेकिन उन दोनों को ही इस विषय में ना ही तो कुछ मालूम था तथा ना ही कोई अधिक चिंता थी। कर भी क्या सकते थे ? मुहब्बत तो वो दोनों आपस में करते ही थे। ध्यान भी रखते थे कि किसी प्रकार के कोई भी लांछन न लगने पाएँ। फिर भी इस सब के पश्चात भी उनके प्यार की सुगंध धीरे धीरे आस पास फैलने लगी थी। यहां तक कि यह उनके माता पिता के कानों तक भी पहुँच गई थी। अतः अब उन्हें मिलने में और भी सतर्क रहने की आवश्यकता थी।

इसके लिए उनके पास एक उपाय निकल आया था। यहां पर कमलेश की एक सहेली थी। नाम था उसका सुनीता। सुनीता संबंधों में राजीव की बहन ही लगती थी। सुनीता और कमलेश अक्सर साथ साथ ही रहती थीं और वह कमलेश और राजीव की राजदार भी थी। उससे भी कभी कभी राजीव कमलेश के बारे में पूछ लिया करता था। अब जब राजीव ने उस से कमलेश के आने के विषय में पूछा तो उसने राजीव को बता दिया कि अभी कमलेश के शीघ्र ही आने की कोई संभावना नहीं है।

अब परिस्थितियां कुछ इस प्रकार से परिवर्तित हो चुकी थीं कुछ कि वो एक दूसरे को पत्र भी नहीं लिख सकते थे। एक बार पहले ही जब राजीव ने कमलेश को पत्र लिखा था तो वो दूसरे के हाथ में लग जाने से बहुत से लोगों को उन दोनों की मोहब्बत के विषय में पता चल गया था। इससे अपने साथ सम्बन्धियों में उसकी बदनामी भी हुई थी। तभी से राजीव सतर्क रहने लगा था। उसे यदि कभी कमलेश से दिल की बात कहने का बहुत ही मन करता और शीघ्र ही अधिक देर के लिए मिलने

बैठने की संभावना नहीं होती या अवसर नहीं मिल पाता तो तब राजीव स्वयं अपने हाथ से या उसकी सहेली सुनीता के द्वारा अपने दिल की बातें, अपने दिल का हाल एक पत्र में लिख कर उस तक पहुंचा दिया करता था।

इसी प्रकार जब कमलेश अपने गांव मोहवला होती तो तब यह सब भी संभव नहीं हो पाता। कभी कभी सुनीता ही जब कमलेश को कोई पत्र लिख कर भेजती तो प्रति उत्तर में प्राप्त हुए पत्र से जो समाचार प्राप्त होता, उसी से राजीव को भी कमलेश का हाल चाल मालूम होता रहता। सब्र करना पड़ता था। और किया भी क्या जा सकता था?

अब जैसे ही राजीव को पता चला कि अभी शीघ्र ही कमलेश की यहां आने की कोई संभावना नहीं है तो वह बहुत बेचैन सा हो गया। उसका मन कमलेश से मिलने के लिए तड़प उठा। अब वह इसी उधेड़बुन में रहने लगा कि कमलेश से मिला भी जाए तो कैसे मिला जाए।

सोचते सोचते राजीव के दिमाग में एक योजना उभर आई और उसके होठों पर मुस्कान सी तिरोहित हो गई। उसने कमलेश के पास वहां मोहवला ही जाने का निर्णय ले लिया। 'अब मैं कमलेश से मिल कर ही रहूँगा और अपनी कमलेश से वहाँ ही जा कर मिलूंगा ।'

दूसरे दिन ही राजीव तैयार हुआ तथा मोहवला जाने के लिए राजौरी कालाकोट की बस में बैठ गया। चार पांच घंटे का सफर था। सफर था भी बहुत ही सुहावना। पहुँचने में कोई देर नहीं लगी।

उस समय दोपहर दो बजे का समय था। सर्दी का मौसम था। धूप में कोई गर्मी नहीं थी। घर का पता तो राजीव को मालूम नहीं था। ऐसे ही चला आया था। पर, दिल में जब लगन हो, प्यार हो, तड़प हो, चाह हो, तो राह मिल ही जाती हैं। यही सोच कर राजीव घर से निकल आया था। उसे बस इतना ही मालूम कि कमलेश मोहवला के गर्ल्स हाई स्कूल में पढ़ती है। इतना सा ही कमलेश का पता मालूम था उसको या फिर यह मालूम था कि यहां के बाज़ार से लगभग एक किलोमीटर आगे पहाड़ी के ऊपर उनका घर है। देखा जाएगा जो भी होगा। आज तो मुझे कमलेश से मिलना ही मिलना है और हर हाल में ही मिलना है। चाहे जो भी हो जाए।

अब राजीव मोहवला गांव में वहाँ के छोटे से बाज़ार के पास ही हाई स्कूल के पास था। उस समय स्कूल में छुट्टी होने वाली थी। वह टहलते हुए बाजार से कुछ आगे की ओर चला गया। दिल में उमंग और उत्साह। मिलने की चाह। होठों पे मुस्कान। उसी समय स्कूल में छुट्टी की घंटी बज गई। राजीव का दिल धड़क सा गया। वह वापस स्कूल की ओर मुड़ गया। धीरे धीरे उसके कदम स्कूल की ओर बढ़ने लगे। बच्चे स्कूल से बाहर आ रहे थे। बहुत से बच्चे बाहर आ गए थे। किन्तु उसकी आँखें तो अपनी कमलेश को ही ढूंढ रही थीं। उसे उसकी कमलेश कहीं पर नहीं दिखाई दे रही थी। वह कुछ परेशान सा हो गया। बच्चे उसके पास से निकलते हुए जा रहे थे। लेकिन उनमें उसकी कमलेश कहीं भी नहीं थी। उसकी दृष्टि कमलेश को तलाश रही थी। स्कूल के बहुत से बच्चे जा भी चुके थे। अब वह थोड़ा उदास सा हो गया। वापस जाने की सोच ही रहा था कि तभी एकाएक ही उसके कानों में जैसे किसी ने शहद घोल दिया हो।

"राजू !" राजू नाम से तो उसे उसकी कमलेश ही बुलाया करती है। सहसा ही उसकी दृष्टि स्वर की दिशा में घूम गई। सामने ही उसने देखा कि उसकी कमलेश खड़ी उसी की ओर देख रही थी। उस पर दृष्टि पड़ते ही राजीव मुस्करा दिया। कमलेश ने स्कूल की वर्दी पहनी हुई थी। शायद इसी कारण से ही उसे कमलेश पहले नहीं दिखाई दी थी- "हाँ कमलेश तुम्हारा प्यार खींच लाया मुझे यहां।" राजीव ने मुस्कुराते हुए उत्तर दिया।

"बातें मत बनाओ "-कमलेश भी मुस्कुरा दी- "आओ घर चलते हैं।"

"लेकिन तुम्हारे घर वालों को क्या बतायेंगे?" राजीव ने पूछा।

"यह तुम सोच लो। अब जब यहां तक आ ही गए हो तो यह सब सोचना भी तुम्हारा ही काम है।" कमलेश ने बिना किसी परेशानी के कह दिया।

राजीव कुछ सोच में पड़ गया। कुछ देर सोचने के पश्चात कहा- "कह दूंगा कि मेरा एक मित्र है यहां पर। उससे मिलने आया था।"

प्रति उत्तर में फिर कमलेश ने कुछ नहीं कहा। उसका परिवार भी राजीव को जानता ही था। इस कारण कोई अधिक परेशानी की बात नहीं थी।

फिर इस विषय में उन्होंने कोई बात नहीं की। कुछ देर चुप रहने पर राजीव ने ही जब उससे बात की तो फिर से उन की बातों का सिलसिला चल पड़ा।

फिर थोड़ी ही देर में वह कमलेश के साथ बातें करते हुए उसके घर पहुँच गया। घर में कमलेश की माँ ही थीं। उन्होंने जब कमलेश के साथ राजीव को देखा तो उन्होंने मुस्कुरा कर उसका स्वागत किया। फिर उनका राज़ीव के साथ यथोचित मेहमान का सा व्यवहार हुआ। किसी ने भी उससे नहीं पूछा कि वह इस ओर कैसे आया था अथवा क्यों आया था। राजीव ने स्वयं ही बातों बातों में उन्हें बता दिया कि उसका एक मित्र नरेंद्र यहां पर रहता है। वह उससे मिलने आया था। वास्तव में ही कमलेश के घर से कुछ दूर नरेंद्र नाम का एक लड़का रहता भी था और नरेंद्र उसको जानता भी था। स्कूल में एक बार कबड्डी के मैच के क्षेत्रीय स्तर के मैच के दौरान उससे उसकी भेंट हुई थी।

फिर ऐसे ही परिवार में इधर उधर की बातें होती रहीं। कमलेश की माँ ने राजीव से उसके माता पिता तथा अन्य परिवार के सदस्यों का भी कुशलक्षेम पूछा। कमलेश के भाई बहन भी घर में ही थे। उनके साथ राजीव का अधिक परिचय नहीं था, क्योंकि वो अपने नौनिहाल बहुत कम ही आते थे। अधिकतर कमलेश ही आती जाती रहती थी। कभी आए भी थे तो आयु में छोटे होने के कारण उनके साथ कोई अधिक मेलजोल नहीं रहा था उसका। अब जब वह उनके ही घर में था तो उनके साथ भी वह कुछ इस प्रकार से घुलमिल गया कि जैसे बहुत पुरानी जान पहचान हो।

ऐसे ही बातों बातों में ही कब शाम हो गई, कुछ पता ही नहीं चला। आज रात को राजीव का यहीं रहने का प्रोग्राम था। वैसे भी शाम के समय तो घर वापस जा पाना संभव ही नहीं था। फिर भी राजीव ने कमलेश की माँ से कहा कि उसे नरेंद्र के पास जाना है। वैसे यह तो बस थी भी एक औपचारिकता मात्र ही। कमलेश इस सब को समझती थी। इसलिए उस समय वह सर झुका कर मंद-मंद मुस्कुरा भी रही थी।

कमलेश की माँ एक सुलझी हुई संस्कारी महिला थी। उसने राजीव को कहीं भी जाने से साफ़ मना कर दिया। उसने अधिकार पूर्वक कह

दिया कि आज उसे कहीं भी नहीं जाना है। आज रात उसे यहीं रहना है। राजीव तो चाहता भी यही था। जब कमलेश की माँ ने जब इस प्रकार से कहा तो राजीव का मन भीतर ही भीतर प्रसन्नता से पुलकित हो गया।

इतनी देर में कमलेश उसके लिए चाय बना कर ले आई। फिर दोनों ही साथ बैठ कर चाय पीने लगे।

चाय पी लेने के बाद कमलेश ने राजीव से कहा -"राजू ! आओ आज हम तुम्हें यहां कि अपनी पहाड़ियों की सैर करा लाएं।"

राजीव को कमलेश का प्रस्ताव बहुत अच्छा लगा। वह तुरंत ही उठ खड़ा हुआ- -"चलो !"

कमलेश ने अपना शाल लिया और उसमें अपने आप को लपेट लिया। फिर दोनों ही घर के पीछे पहाड़ियों की ओर चले गए। घर के साथ साथ ही पीछे की ओर एक छोटी सी पगडंडी थी। साथ साथ चलते हुए वो पहाड़ियों की छाया में एक खुले से मैदान में आ गए। मैदान के सामने पहाड़ी के आँचल में एक छोटी सी नदी बह रही थी। देखने में छोटी थी, लेकिन इसका विकराल रूप बरसात के मौसम में ही देखने को मिलता था। राजीव और कमलेश वहीं बैठ गए और बातें करने लगे। शाम का समय था। सर्दियों की शाम। मंदमंद ठंडी हवा के झोंके चल रहे थे। समय बहुत ही सुहावना हो चला था। दिल में चाहत की उमंगें हिलोरें ले रही थीं। काश ! यह समय यहीं पर थम जाए।

राजीव ने लगभग अपनी आँखें मूंद लीं थीं। वह दिवास्वप्न में खो सा गया था कि तभी उसे अपना शरीर कुछ हिल रहा सा महसूस हुआ। मानों एक तरह का भूंचाल सा आ गया हो। झटके से उसकी आँखें खुल गईं। आँख खुलने पर ही उसने जो सामने देखा तो मानों उसे अपनी ही आँखों पर ही विश्वास नहीं हुआ। सामने उसकी छोटी बहन खड़ी थी। वह ही उसे हिला रही थी -"भाई ! उठ जाओ अब ! क्या शाम के समय भी सोए ही रहोगे?"

कहते हैं कि प्यार के पल बहुत शीघ्र ही निकल जाते हैं। राजीव को जैसे ही वास्तविकता का आभास हुआ तो वह एकाएक ही उदास हो गया। तो क्या यह सब एक सपना ही था। कमलेश के साथ उसकी मुलाक़ात और वो पहाड़ियों के आँचल में प्यार भरे लम्हे। क्या वो सब एक स्वप्न

मात्र ही थे!

कहते हैं कि दिल में सच्ची लगन हो और मिलने की चाह हो तो दूसरे के हृदय को इसका आभास हो ही जाता है। फिर वैसी ही संभावनाएं भी बनती जाती हैं। ऐसा ही कुछ राजीव के साथ भी हुआ। दूसरे दिन दोपहर का समय था। राजीव अपने घर से बाहर निकला ही था कहीं जाने के लिए कि सामने से ही उसे कमलेश हुई दिखाई दी। उसके साथ ही सुनीता भी थी। राजीव को देखते ही वो दोनों मुस्कुरा दीं। राजीव तो कमलेश को देखते ही आश्चर्यचकित व प्रफुल्लित सा हो कर रह गया। कमलेश के पास आते ही वह एक तरह से उसकी राह रोक कर खड़ा हो गया।

"कमलेश ! तुम कब आई?" राजीव ने पूछा।

"बस ! आज ही आई हूँ। बल्कि यूं समझ लो कि अभी अभी आई हूँ।" कमलेश उसके पास रुक गई और उसने मुस्कुराते हुए ही उत्तर दिया।

उन दोनों के प्यार को तो सुनीता जानती ही थी। इसलिए उन्हें बातें करते हुए देख कर सुनीता उन दोनों को वहीं छोड़ कर आगे निकल गई।

"यह सहसा ही कैसे आ गई तुम?" राजीव से अपनी प्रसन्नता को छुपा नहीं पा रहा था।

"सहसा ही कुछ काम पड़ गया। मम्मी भी साथ आई हुई हैं।" कमलेश ने बताया।

"काम नहीं पड़ गया था, वास्तव में हम ने तुम्हें सच्चे दिल से याद किया था।" राजीव ने मानों उसे छेड़ना चाहा -"सच्ची चाहत रंग लाती ही है।"

"चाहत वगैरह कुछ नहीं। ऐसे ही कुछ काम पड़ गया था।" कमलेश ने भी राजीव के ही अंदाज़ में उत्तर दिया। उसने भी जैसे राजीव को तंग करने का मन बना लिया हो।

"क्या काम पड़ गया था ! कुछ हमें भी तो पता चले।" राजीव ने पूछा।

"ऐसे ही, फिर कभी बतलाऊँगी।" कमलेश ने कहा और फिर सामने की ओर इशारा कर दिया "सुनीता आ रही है।"

"लेकिन कमलेश कुछ तो बनाओ।" राजीव ने पूछना चाहा। किन्तु कमलेश सुनीता के पास चली गई। उसकी बात अधूरी ही रह गई। सुनीता राजीव की ओर देख कर मुस्कुरा दी।

राजीव के दिल में अब चैन कहाँ था। कमलेश से तो उसकी भेंट हो नहीं सकी लेकिन शाम को ही सुनीता से उसकी भेंट हो गई। राजीव ने उससे ही पूछ लिया -"सुनीता कमलेश को क्या आवश्यक काम है? "

"उसने नहीं तुम्हें बताया !" सुनीता ने भी एक तरह से राजीव का मजाक उड़ाते हुए कहा।

"नहीं !" राजीव ने मायूसी से 'ना' में अपना सर हिला दिया।

"अरे बुद्ध ! अब तो प्रसन्न हो जाओ। अब कमलेश यहीं रहेगी। अब वह यहीं रह कर अपनी दसवीं कक्षा की पढ़ाई पूरी करेगी और यहीं से ही परीक्षा भी देगी।" सुनीता ने राजीव के सामने मानों ख़ुशियों का गुब्बारा ही फोड़ दिया था। खुशियों का अम्बार ही लगा दिया।

अब राजीव के पाँव कहाँ भूमि पर ठहरते थे। उसकी प्रसन्नता का पारावार ही नहीं रहा। फिर उसने सुनीता से कोई दूसरी बात नहीं की। मानों एक तरह से वह पागल सा ही हो गया था ।अगले ही पल उसने अपने घर की ओर दौड़ ही लगा दी। न जाने क्यों?

16

यह १९७७ की बात है। जब कमलेश यहां नौनिहाल में आ कर आगे की पढ़ाई करने लगी थी। राजीव ने १९७२ में अपनी दसवीं की परीक्षा पास कर ली थी। इस समय वह अपनी विश्वविद्यालय की पढ़ाई कर रहा था। इस कारण से कभी कभार कमलेश को राजीव से पढ़ाई में भी सहायता मिलने लगी।

समय व्यतीत होता जा रहा था। जैसे जैसे समय व्यतीत होता जा रहा था इसके साथ साथ ही उन दोनों का प्यार भी परवान चढ़ता जा रहा था। कहते भी हैं कि प्यार भरा समय व्यतीत होने का पता भी नहीं चलता। यूं ही व्यतीत हो जाता है। कमलेश और राजीव के साथ भी कुछ ऐसा ही हुआ। वो समां, वो प्यार भरे लम्हे और वो प्यार भरी बातें इतनी, इतनी शीघ्र बीत गए कि पता भी नहीं चला।

कमलेश की परीक्षाएं हुईं। बहुत अच्छे अंक मिले थे उसको। प्रथम श्रेणी में वह उत्तीर्ण हुई थी। दोनों की ही प्रसन्नता का कोई पारा-वार नहीं था। यहां कमलेश ने भी अच्छी पढ़ाई की थी, वहीं राजीव ने भी उसे अच्छे अंक दिलाने में कोई कमी नहीं छोड़ी थी। अब दोनों को ही अपने सपने सच होते दिखाई दे रहे थे। दोनों अपनी ही काल्पनिक दुनिया में निमग्न थे। अब प्रारब्ध में किसी के क्या है, यह ना ही तो किसी को मालूम ही था और ना ही इसकी कोई चिंता।

परीक्षा के परिणाम घोषित होने से पूर्व ही परीक्षा दे कर ही कमलेश अपने घर मोहवला चली गई थी। इस कारण उनका आपस का संपर्क भी टूट गया था। चिट्ठी पत्र तो अब संभव नहीं था। किसी के भी हाथ लग

सकती थी। एक बार पूर्व ही उन्हें इसका अनुभव भी हो चुका था। अब जो भी समाचार एक दूसरे को मिल पाता, उस का माध्यम उनके बीच एकमात्र सुनीता ही थी। जो आमतौर पर कमलेश को पत्र लिखती रहती थी। एक दूसरे को एक दूसरे के कुशलक्षेम के अतिरिक्त यदि कोई अन्य समाचार होता तो वह राजीव को दे दिया करती थी।

समय ने कुछ ओर गति पकड़ी। राजीव ने स्नातक कर ली थी। अब वह आगे की पढ़ाई कर रहा था। किन्तु इसके साथ-साथ ही वह नौकरी के लिए भी आवेदन करता रहता था। इसी प्रयास के फलस्वरूप ही उसे एक दिन एक बैंक से साक्षात्कार के लिए बुलाया गया।

राजीव प्रसन्न था। चलो नौकरी मिल गई तो फिर वह अपनी आगे की पढ़ाई भी करता रहेगा और इससे अधिक अच्छी नौकरी के लिए भी प्रयास करता रहेगा। इसकी सूचना उसने कमलेश को नहीं दी। उसने कमलेश को आश्चर्य में डालने की सोची। कुछ ही दिनों के पश्चात उसका साक्षात्कार हुआ और उसे बैंक में नियुक्ति भी मिल गई।

वह बहुत ही प्रसन्न मन से घर पहुंचा। मन किया कि अभी वह उड़ कर कमलेश के पास चला जाए और उसे अपनी बाहों में लेकर चूम ले। फिर उसको यह शुभ समाचार सुनाए। काश ! ऐसा संभव हो पाता। इससे पहले कि वह कुछ ओर कल्पना कर पाता, उसी दिन शाम को उसे सुनीता के माध्यम से एक अशुभ समाचार सुनने को मिला कि कमलेश के माता पिता उसकी शादी के लिए कोई अच्छा सा वर ढूँढ रहे हैं।

यह सुनते ही राजीव के सर पर मानों परमाणु बम का विस्फोट सा हो गया हो। 'यह कैसे हो सकता है। यह नहीं हो सकता। यह तो संभव ही नहीं है। कमलेश ऐसा कैसे कर सकती है? क्या कमलेश को इस विषय में कुछ भी मालूम नहीं है?'

न जाने उसने कितने ही प्रश्न सुनीता से कर डाले थे। किन्तु अब सुनीता भी उन का क्या उत्तर देती। उसे भी कुछ मालूम होता तो बताती। उसे स्वयं भी कुछ नही मालूम था। अब पत्र लिखने पर उसका उत्तर आने में भी लगभग एक सप्ताह का समय तो लगना ही था और उसने कमलेश को पत्र लिखा भी। किन्तु अब राजीव की उत्तेजना का क्या किया जा सकता था। वह बहुत ही अधिक चिंतित व उत्तेजित था।

उसने दूसरे ही दिन मोहवला जाने का निश्चय कर लिया। उसने स्वयं जा कर कमलेश से मिलने और उसके माता पिता से बात करने की सोची। आखिर यही कमी थी उसमें ? इतनी अच्छी नौकरी लगी हुई थी। घर परिवार भी सब अच्छा था। हर प्रकार से वह कमलेश के योग्य ही तो था और फिर वह दोनों ही आपस में अटूट प्रेम भी तो करते थे। जैसे भी होगा वह कमलेश के घर वालों को मना ही लेगा। एक बार वो मान गए तो फिर अपने घर वालों को मनाना कोई बड़ी बात नही होगी उसके लिए। ऐसा ही सोच सोच कर वह अपने मन को दिलासा दे रहा था। सब से बड़ी बात तो उसका कुछ दिन पहले का देखा हुआ सपना भी उसे बहुत सकारात्मक सांत्वना ही दे रहा था। यहां कमलेश उसे अपने साथ पहाड़ियों दिखाने ले गई थी। जब वह उनके घर गया था और सारे परिवार ने ही उसके साथ बहुत ही उचित व प्रेममय व्यवहार किया था।

अब चाहे कुछ भी हो, कल उसे अपनी कमलेश से मिलने मोहवला तो जाना ही है, और जाना ही जाना है। किसी भी कीमत पर। चाहे कुछ भी हो जाए। कल उसे अपनी कमलेश से मिलना है तो बस मिलना ही मिलना है। अब उसे दुनिया की कोई भी बड़ी से बड़ी ताकत भी कमलेश से मिलने से नहीं रोक सकती। यही सोचते सोचते राजीव उस दिन सोने का प्रयास करने लगा। अब भला ऐसे में किसी को नींद भी कहां आती है। फिर भी किसी तरह एकाध घंटे के लिए उसकी आँख लग गई।

दूसरे दिन सुबह जब उसकी नींद खुली तो उस समय बारिश हो रही थी। पल एक पल के लिए राजीव के दिल ने राजीव से एक प्रश्न पूछा। कमलेश के घर जाने से पूर्व पहाड़ी के साथ साथ बहती हुई नदी को पार करना पड़ता है, जिसमें कि बरसात के दिनों में बहुत पानी भर आता है। उसको कैसे पार किया जाएगा ?

राजीव पल भर के लिए ठिठक सा गया। किन्तु अगले ही पल वह अपने निश्चय पर फिर से अडिग हो गया। ठीक है, देखा जाएगा। अब जैसे भी हो मुझे तो वहां जाना ही है। चाहे कुछ भी हो जाए। यदि वह नदी में बह भी गया तो भी कोई बात नहीं। लेकिन वह जाएगा अवश्य ही। उसकी कमलेश को उस से कोई भी नहीं छीन सकता। कोई भी नहीं। उसने दृढ निश्चय कर लिया और कुछ ही देर में तैयार हो कर उसने

मोहवल के लिए गाड़ी पकड़ ली।

बारिश उस समय भी हो रही थी। बल्कि पहले से भी अधिक हो रही थी तथा उसके मोहवला तक के सारे समय रास्ते में भी होती ही रही थी। जब वह वहाँ मोहवला में उतरा, तो हालांकि उस समय थोड़ी कम हो गई थी। किंतु थोड़ी थोड़ी बारिश उस समय भी हो रही थी। फिर भी वह पागलों की भांती अपने पथ से विचलित नहीं हुआ। आगे बढ़ता ही चला गया। यहां तक कि नदी की धारा के पास भी पहुंच गया। नदी उस समय पूरे उफान पर थी। उसे पार करना तो दूर उसके पास जाने का भी साहस नहीं होता था। फिर भी राजीव ने साहस नही खोया। उस का तो दृढ़ निश्चय ही था कि जैसे भी हो उसे तो आज कमलेश से मिलना ही मिलना है। वह अपने उसी दृढ़ निश्चय के साथ ही नदी के पास चला गया। उसने सोच लिया था कि वह नदी में उतर ही जाएगा और जहां तक हो सकेगा चलेगा और जब नहीं चल सकेगा तो इसी नदी की जल धारा के साथ ही बह जाएगा। पूर्णता पागलपन!

उसने जैसे ही नदी में उतरने के लिए अपना पग आगे बढ़ाया, तभी उसे किसी की आवाज़ सुनाई दी -"भाई ! क्या कर रहे हो ? आत्महत्या करना चाहते हो ? जान देने का इरादा है क्या ?"

राजीव ठिठक गया। जिस ओर से आवाज़ आई थी, उस ओर देखने लगा। उधर कोई ग्रामीण खड़ा उसी से कह रहा था। वह राजीव के पास चला आया-"क्या बात है? मालूम है तुम्हें कि इस नदी में कितना पानी है और इसका बहाव भी देख रहे हो ? पाँव रखते ही बह जाते। क्या घर से भाग कर आए हो या किसी से लड़ कर आए हो या जान देने का का इरादा है?" एक ही स्वर में उसने अनगिनत प्रश्न कर दिए।

"नहीं ऐसी कोई बात नहीं है।" राजीव उसके सामने स्पष्ट रूप से कुछ नहीं कह सका। इससे अधिक कहता भी क्या ?

"पार तुम्हारा कोई सम्बन्धित है क्या?" उस व्यक्ति ने फिर राजीव से पूछा।

"पार ही जाना है तो वो उस ओर मार्ग है न ! उधर से क्यों नहीं जाते ?" उस व्यक्ति को कुछ आश्चर्य सा भी हुआ।

"मुझे बहुत ही आवश्यक काम है" अब तक राजीव भी कुछ संभल चुका था। उसने कहा "किसी के जीवन मरण का प्रश्न है और उस ओर का मार्ग मुझे मालूम नहीं है।"

"तो इस मूर्खता से तुम पार नहीं ऊपर अवश्य ही पहुंच जाते। उस व्यक्ति ने कहा- "यह अपने पीछे तुम जिस पुल को पार करके आए हो, इसके साथ साथ जो मार्ग है न, उससे तुम दूसरी ओर जा सकते हो। यह नदी इस पुल के नीचे से ही चली जाएगी। वो मार्ग है तो सही पार जाने के लिए। अब तुम यह मूर्खता न जाने क्यों कर रहे थे! मेरी तो समझ में ही कुछ नहीं आ रहा।" उस ग्रामीण की समझ में जब कुछ नहीं आया तो उसने राजीव को पार जाने का सही मार्ग बताया और चला गया।

अब राजीव के चेहरे पर हल्की सी मुस्कान तैर गई। मानों मनचाही सफलता प्राप्त कर ली हो। लगता है कि अब भगवान ने भी उसका साथ देने की सोच ली है। दिल जैसे वश में नहीं हो पा रहा था और वह इस दिल को संभाले हुए कमलेश से तथा उसके माता पिता से मिलने के लिए चल पड़ा।

17

बहुत बड़ी समस्या उत्पन्न हो गई थी। जिस का समाधान कम से कम उन दिनों तो बहुत ही कठिन था। कमलेश की माता राजीव के गांव की ही रहने वाली थी। आशय यह कि कमलेश के नौनिहाल उस गांव में थे यहां राजीव रहता था। समय काल की बात है। उन दिनों कुछ ऐसा ही था कि जिस गांव में मां के माता पिता रहने वाले होते उस गांव में उसकी बेटी की शादी नहीं हो सकती थी। इस तरह से कमलेश की शादी उस गांव में कदापि नहीं हो सकती थी।

यह सारी बातें उस दिन ही सामने आई थीं जिस दिन राजीव अपनी जान हथेली पर रखकर कमलेश से मिलने मोहवला गया था। कमलेश के माता पिता के साथ बहुत देर तक उसकी बातचीत हुई थी। कमलेश उस दिन अपने माता पिता के सामने कुछ भी न बोल पाई थी। आखिर क्यों कमलेश ने उस दिन चुप्पी साध रखी थी? वह क्यों नहीं अपने मां बाप के सामने एक शब्द भी बोल पाई थी?

राजीव को किसी समय की कमलेश की कही हुई बात याद आ गई। जिस दिन कमलेश ने अपने माता पिता के प्रति अपने दायित्व की बात की थी। जिस दिन उसने कहा था कि 'हमारे माता पिता ने जिन्होंने हमें जन्म दिया है, हमें पाल पास कर बड़ा किया है, उनके प्रति भी तो हमारा कोई कर्तव्य है। उनका भी तो हम पर कोई अधिकार है। उन्हें भी तो हम से कुछ आशाएँ हैं। उनके भी तो कोई स्वप्न हैं। अब हमारे माता पिता हमारे बारे में जो सोचेंगे तो कुछ गलत थोड़े ही सोचेंगे।'

इसका क्या यही मतलब है ? कमलेश अपने माता पिता की इच्छा के सामने नतमस्तक हो गई है ? क्या यही है उसका प्यार ? राजीव को एक एक कर के सब कुछ याद आने लगा। क्या कमलेश का प्यार एकमात्र दिखावा ही था ?

क्या वह अब तक केवल उसके साथ एक खेल ही खेलती आई थी? वो घंटों बैठ कर प्यार भरी बातें करना? उस सब का क्या आशय था?

किसी तरह से उस दिन राजीव घर वापस तो आ गया था, किन्तु उसकी अवस्था बहुत ही दयनीय सी हो गई थी। मानों वह एक प्रकार से विक्षिप्त सा हो गया था। वह किसी भी अवस्था में अपनी कमलेश को नहीं खो सकता था। किसी भी अवस्था में वह कमलेश को खो देना नहीं चाहता था। पर अब उसकी समझ में कुछ नहीं आ रहा था कि वह करे भी तो क्या करे । अब कमलेश से बात तक भी हो पाना संभव नहीं था। उसके माता-पिता से तो उसकी बात हो ही चुकी थी।

उस दिन जब राजीव घर आया तो सीधा अपने कमरे में चला गया और फिर गंभीरता पूर्वक इस समस्त घटनाक्रम के विषय में सोचने लगा। सोचते सोचते उसकी आँखें भर आईं। आँसू बहने लगे। बल्कि आंसुओं का सैलाब सा ही बह निकला। रुलाई फूट निकली। बस ! फिर जब एक बार रोना शुरू हुआ तो सारी रात वह सो ना सका। सारी रात वह रोता ही रहा।

क्या उस का प्यार यूं ही लुट जाएगा? उसकी कमलेश उससे बिछुड़ जाएगी? उसके प्यार का क्या होगा? उसका क्या होगा? वह कैसे जी पाएगा कमलेश के बिना? उसने तो कभी ऐसा स्वप्न में भी नहीं सोचा था। नहीं ऐसा नहीं हो सकता। यदि ऐसा ही हुआ तो? यदि उसकी कमलेश ने ऐसा ही किया तो? वह भी अपनी जान दे देगा।

इस अवस्था में सुनीता भी उसकी कोई सहायता कर पाने में समर्थ नहीं हो पा रही थीं। वह भी केवल कमलेश को पत्र ही लिख सकती थी और पत्र का उत्तर कब मिले या न मिले इस बारे भी तो कुछ नहीं कहा जा सकता था। इस अवस्था में वह अपने आप को एक प्रकार से असहाय सी अवस्था में ही पा रहा था।

उस दिन बहुत देर तक बातचीत होती रही थी उसकी कमलेश के माता पिता के साथ। किन्तु उसके माता पिता को वह नहीं मना सका था। सबसे बड़ी बात तो यह थी कि कमलेश का व्यवहार भी उसकी समझ में नहीं आ रहा था। आखिर वह भी अपने माता पिता से बात तो कर ही सकती थी। उन्हें समझा तो सकती ही थी। वह पूर्णता माता पिता के पक्ष में ही लग रही थी। राजीव को तो समझ में ही नहीं आ रहा था कि जब कमलेश ही साथ नहीं दे रही है तो अकेला वह कैसे इस बाज़ी को जीत सकता है? कमलेश की इस चुप्पी का आखिर मतलब क्या है? कहीं उसके माता पिता ने उसे किसी प्रकार से विवश तो नहीं कर दिया है? आखिर कुछ तो बात है ही, वरना कमलेश इस प्रकार से चुप कैसे और क्यों हो गई है?

अपने माता पिता को तो वह मना सकता था। इतना तो उसे अपने आप पर तथा अपने माता पिता पर विश्वास था ही, किन्तु कमलेश के माता पिता को मना पाना उसे सरल नहीं लग रहा था। अब राजीव के अपने माता पिता को इस बात का पता भी था या नहीं यह भी राजीव को नहीं मालूम था। फिर भी इन सारी समस्याओं से तो वह पार पा ही सकता था। किन्तु इस के लिए कमलेश द्वारा भी तो उसका साथ देना आवश्यक था।

इसी विषय में एक दिन राजीव की सुनीता से भी बात हुई। वह भी उन दोनों के प्यार के बीच आए हुए इस व्यवधान से परिचित थी। दुखी भी थी। किन्तु वह भी इस में उसकी कोई भी सहायता नहीं कर सकती थी। उसकी भी समझ में नहीं आ रहा था कि वह उन दोनों की सहायता करे भी तो कैसे करे?

इसी चिंता व उलझन में ही दिन व्यतीत हो रहे थे कि एक दिन सुनीता ने राजीव को एक ओर समाचार दिया कि पास के ही गाँव में एक शादी है। वहीं कमलेश भी आने वाली है। उसके साथ ही उसके माता पिता भी आ रहे हैं तथा वहीं पर एक लड़का भी कमलेश को देखने आने वाला है। सुनीता ने भी जाना था। उसे कमलेश के माता पिता ने कमलेश की सहेली होने के कारण विशेष रूप से बुलाया था।

अब इसे संयोग ही समझिये या भाग्य का खेल। उस गाँव में जिस के घर में शादी थी वह राजीव के कॉलेज का मित्र ही था। इतना पता चलते ही राजीव के चेहरे पर एक हलकी सी मुस्कान तैर गई। अब तो कोई न कोई प्रबंध कर शादी में चला ही जाएगा वह। फिर देखते हैं कि कैसे वह लड़का उसके होते हुए कमलेश को पसंद करता है और शादी के लिए हां करता है। अब उसे एक प्रकार की आस सी बांध गई।

इसी मध्य ही राजीव की माता को भी इस बात का पता चल गया था। वैसे थोड़ा बहुत सन्देह तो उन्हें पहले से भी था कि यह दोनों साथ साथ ही रहते हैं और एक दूसरे को प्यार भी करते हैं। किन्तु उन्होंने इसे कभी गंभीरता से नहीं लिया था। उन्होंने इसे साधारण रूप में ही लिया था। बचपन से साथ साथ खेलते आ रहे हैं और फिर हर माता पिता की तरह ही उन्हें भी अपनी बेटे पर पूरा भरोसा था कि वह कभी भी उनकी इच्छा के विपरीत कोई काम नहीं कर सकता।

अब जब उन्हें इस बात का पता चला तो उन्होंने राजीव को समझाने का प्रयास किया। उन्होंने यह भी कहा कि गांव में ऐसा संभव नहीं है। यहां ऐसी प्रथा ही नहीं है। ऎसी शादी नहीं हो सकती। किन्तु उन्हें क्या मालूम था कि अब बात समझने और समझाने के दायरे से बाहर जा चुकी थी। राजीव ने यह स्पष्ट रूप से कह दिया था कि वह शादी करेगा तो कमलेश से ही करेगा। उन्होंने उसे बहुत समझाने का प्रयास किया। यहां तक कि उसके मित्रों के माध्यम से भी उसे समझाने का प्रयास किया, किन्तु राजीव के मानने का तो प्रश्न ही उत्पन्न नहीं होता था।

सभी अपने अपने प्रयास में लगे हुए थे। कमलेश के माता पिता शीघ्र ही कमलेश की कहीं शादी कर देना चाहते थे। राजीव की माता उसे समझाना चाहती थीं। राजीव किसी न किसी तरह से इस बहती हुई समय रूपी धारा को अपने पक्ष में करना चाहता था।

समय का चक्र अपनी निर्बाध गति से घूमता जा रहा था। कुछ और दिन व्यतीत हुए। पास के ही गांव में राजीव के कॉलेज के सहपाठी के घर में होने जा रही शादी का दिन भी आ गया। राजीव ने तो पहले से ही शादी में जाने का प्रबंध कर लिया था। इसलिए जिस दिन शादी थी, राजीव समय से पूर्व ही वहाँ पहुँच गया था। कमलेश व उसके माता पिता

पहले से ही वहाँ उपस्थित थे। वो लड़के वालों के सम्बन्धी भी थे और लड़के वालों को भी मालूम था कि यहां कमलेश को देखने एक लड़का भी आने वाला है। सुनीता भी उससे पूर्व ही वहाँ पर आ गई थी। किन्तु राजीव कमलेश के या उसके माता पिता के सामने नहीं गया था। यहां अभी उसके आने के विषय में सुनीता को ही मालूम था और सुनीता को राजीव ने कमलेश को कुछ भी बताने से मना कर दिया था।

अपने नियत समय पर बारात आ गई। राजीव भी वहीं था। बारात का खूब शोर शराब था। सभी अपनी अपनी धुन में नाचने गाने में मस्त थे। किन्तु राजीव इस सब धूम धड़ाके से दूर था। उसका ध्यान तो किसी दूसरी ओर ही था। वह तो अपनी कमलेश की एकमात्र झलक पाने के लिए लालायित था। वह तो बस! अपनी कमलेश को ही देखना चाहता था। उसे देखने आने वाले लड़के को देखने में उसकी कोई रूचि नहीं थी। यदि उसने उसकी कमलेश से शादी करने की सोची भी तो वह उसकी जान निकाल लेगा। उसके जीते जी कमलेश उसके अतिरिक्त किसी ओर की कभी हो ही नहीं सकती।

वह अभी यह सब सोच ही रहा था कि सामने ही उसे उसकी कमलेश खड़ी दिखाई दी। उसके साथ ही सुनीता भी थी तथा साथ में ही उसके माता पिता भी। सभी का ध्यान बारात की ओर ही था। केवल सुनीता ने ही उसे देखा था। सुनीता उसकी ओर देख कर मुस्करा रही थी। इसके साथ ही उसने कमलेश के कानों में भी कुछ कहने का प्रयास किया। उसने राजीव के विषय में ही उसको कुछ बताया होगा, ऐसा राजीव सोच रहा था। वह अपेक्षा कर रहा था कि अब कमलेश उसकी ओर देखेगी, किन्तु ऐसा कुछ भी नहीं हुआ। सुनीता के कमलेश के कानों में कुछ कहते ही कमलेश एक ओर देखने लगी, जिस ओर कुछ लड़कों का झुंड था। शायद उन में ही वह लड़का भी हो जो उसे देखने आने वाला था। ऐसा मन में विचार आते ही राजीव के चेहरे पर क्रोध के भाव उमड़ आए। उसने हथेलियां क्रोध से कस कर बंद कर लीं। मन में यह भाव पनपने लगा कि यदि सच में ही वहाँ पर वह लड़का है तो अभी वहाँ जा कर वह उसका खून कर देगा।

ऐसा सोचने के उपरांत भी वह ऐसा कुछ कर नहीं सकता था। न ही तो उसकी ऐसी प्रकृति थी और न ही अभी ऐसा समय ही था। अभी देखो तो सही आगे आगे होता क्या है। वह महारथी है कौन? यदि सच में ही ऐसा हुआ भी तो वह उस से मिल कर उसे समझा भी तो सकता है कि वह यदि अपनी जान की सलामती चाहता है तो चुपचाप यहां से भाग जाए।नहीं तो उसकी कोई खैर नहीं। कमलेश उसकी है और उस की ही है। उसी की ही रहेगी भी जन्म जन्मांतर तक।

18

उस दिन शादी से वापस अपने घर आने के पश्चात राजीव परेशान ही रहा। कहीं पर भी उसका मन नहीं लग रहा था। शादी से आने के पश्चात उसे वहाँ के घटनाक्रम के बारे में कुछ भी मालूम नहीं हो सका था। शादी में ही उसकी कुछ देर के लिए सुनीता के माध्यम से कमलेश से मुलाक़ात हो सकी थी। मुलाकात तो संक्षिप्त ही थी क्यों कि वहाँ पर कमलेश के माता पिता भी थे। फिर भी जब सुनीता के माध्यम से कुछ देर के लिए कमलेश उसके सामने आई तो उसे देख कर वह इतनी ही बात कर सका "कमलेश !" बस ! यही एक शब्द ही उसके होठों से उभरा और उसकी आँखें भर आईं थीं ।

थोड़ी देर तक कमलेश उसके पास खड़ी रही। सुनीता भी उसके साथ ही थी। उसने पल भर के लिए पलकें उठा कर राजीव की ओर देखा था और इतना ही कहा "राजू तुम्हें यहां नहीं आना चाहिए था।"

"यह मेरे मित्र का घर है कमलेश ! उसने मुझे बुलाया था।" राजीव ने कुछ साहस कर मानों सफाई देते हुए कहा। इस पर कमलेश ने कुछ नहीं कहा। क्षण भर के लिए उसकी ओर देखा और सुनीता के साथ वहाँ से चली गई थी। राजीव ने पीछे से उसे आवाज़ भी दी, लेकिन शायद उसने सुना ही नहीं या फिर यह भी हो सकता है कि सुन कर भी अनसुनी कर दिया हो। बात चाहे कुछ भी हो, लेकिन कमलेश के इस प्रकार के व्यवहार से राजीव के मन को बहुत गहरी ठेस पहुंची। वह भीतर तक घायल हो गया।

राजीव की समझ में कुछ नहीं आ रहा था कि आखिर वह करे भी तो क्या करे। यहां एक तो वह शादी में आया हुआ था साथ में ही यहां पर कमलेश के माता पिता भी आए हुए थे। वह असहाय सा होकर रह गया था। आखिर बात भी क्या थी? क्या थोड़ी देर के लिए कमलेश और नहीं रुक सकती थी?

फिर राजीव वहां पर सुबह होने तक रहा था। इसी आस में कि शायद एक बार फिर से उसकी कमलेश के साथ भेंट हो जाए और वह खुल कर उस से दिल की बातें कर सके। स्पष्ट रूप से उस से पूछ सके कि आखिर उस के इस प्रकार से रुसवा होने का कारण क्या है? क्या उस से कोई भूल हो गई है या कोई और कारण है? यही तो समय था जब कि उसे अपने राजू का साथ देना चाहिए था। खुल कर उस से सारी बातें करनी चाहिएं ।अपनी परेशानी या उलझन बतानी चाहिए। उसके माता पिता नहीं भी मान रहे तो भी उस उस से मिलना तो था और खुल कर बात करनी चाहिए थी। दोनों मिलजुल कर इस समस्या का कोई न कोई समाधान निकाल ही लेते। इस समय यदि उसने उसका साथ छोड़ दिया तो वह भला अकेला कैसे इस प्यार की बाज़ी को जीत सकेगा?

हर समय बस राजीव उसी के विषय में सोचता रहता था। दूसरे दिन वह अपने ऑफ़िस भी नहीं गया था। हालांकि दूसरे दिन उसने गाड़ी लेने के लिए भी जाना था। जिसके लिए उसने बहुत दिनों से सोच रखा था। इसके लिए उसने बैंक से क़र्ज़ भी ले रखा था। उसका मन ही नहीं हुआ था ऑफ़िस जाने का। उसके दिल में तरह तरह के कई प्रश्न आ जा रहे थे। जिनका हल मिले बिना उसको चैन नहीं मिलने वाला था। फिर उस दिन से तो उसकी सुनीता से भी मुलाक़ात नहीं हो सकी थी। वह ही मिल जाती तो उस से ही दो बातें हो जाती। दिल को कुछ चैन मिलता। कमलेश के विषय में कोई समाचार ही मिलता। ऐसा कुछ भी तो नहीं हो सका था।

कहीं पर भी उसका मन नहीं लग रहा था। मित्रों के साथ मिलने जाने पर उसे वहां पर भी कोई चैन नहीं मिलता। उसकी समझ में ही नहीं आ रहा था कि अब उसे करना भी तो क्या करना चाहिए? कुछ न कुछ तो करना ही है। कमलेश के बिना तो वह एक पल भी जी नहीं सकता। आखिर कैसे कमलेश उसके जीते जी किसी दूसरे की हो सकती है?

सुनीता से भेंट होती तो कुछ पता चलता। कोई तो समाचार मिलता। यही सोचते सोचते वह सुनीता के घर की ओर जा रहा था कि सहसा ही उसे सामने से सुनीता आती हुई दिखाई दी। इसके चेहरे पर आशा की एक किरण सी उभर आई। वह शीघ्रता से उसकी ओर चल पड़ा। सुनीता भी उसी की ओर ही आ रही थी। पास आ कर वह रुक गई। एक क्षण के लिए उसने राजीव के चेहरे की ओर निहारा।

"क्या बात है राजू?" वेदनापूर्ण स्वर में उसने राजीव से पूछा।

"कमलेश कैसी है? क्या हुआ था फिर उस दिन?" राजीव ने उसकी बात की ओर कोई ध्यान न देते हुए एक साथ उस से पूछा।

"ठीक ही है। पर तुम इतने उदास क्यों हो? क्या बात है? सुनीता ने उसकी ऐसी अवस्था देखते हुए पूछा।

"कोई बात नहीं है।" राजीव ने फिर अपनी बात दोहरा दी- "क्या हुआ था फिर उस दिन?"

"अभी तक तो कुछ भी नहीं हुआ है।" सुनीता ने उसे बताया।

"जो लड़का उसे देखने आया हुआ था? मेरा वश चलता तो मैं वहीं उसे जान से मार देता।" राजीव ने आवेग में आ कर कहा।

"तुम इतने क्यों परेशान हो गए हो? अभी तो कुछ भी नहीं हुआ है न?" सुनीता ने मानो उसे सांत्वना देते हुए कहा।

"तो ओर मैं क्या करूं ? कमलेश भी मुझ से रुसवा है शायद। न जाने क्यों? मेरी तो कुछ समझ में ही नहीं आ रहा है कि मैं करूँ भी तो क्या करूं ?" राजीव ने बेबसी भरे स्वर में कहा।

"ऐसी कोई बात नहीं है राजू ! तुम लड़कियों की विवशता को नहीं समझ सकते। उसकी भी अपनी कुछ विवशताएं हैं।" सुनीता ने उसे समझाते हुए कहा।

"पर वह मुझ से दो बातें तो कर ही सकती थी न?"

"आई तो थी और बात भी की थी। अब तुमने ही कोई बात नहीं की।" सुनीता ने उसकी बात का उत्तर देते हुए कहा।

"यह बात की कि तुम यहां क्यों आए?" राजीव ने पूछा।

"तुम नहीं समझोगे।" इतना कह कर सुनीता राजीव को वहीं छोड़ कर आगे चली गई।

19

नियति में किसी के क्या लिखा है, कुछ नहीं कहा जा सकता। इस पर किसी का कोई भी वश नहीं है। इंसान इस पृथ्वी लोक में बैठा कुछ सोचता रहता है और नियंता विधि के हाथों लिखे हुए किसी ओर ही खेल की रचना में व्यस्त रहता है। कहा तो यह जाता है कि जिन का प्यार सच्चा होता है उन्हें दुनिया की कोई भी शक्ति अलग नहीं कर सकती। फिर इनके प्यार में क्या कमी है? इनका प्यार तो सच्चा है। जन्म-जन्मांतर का प्यार है यह। अपने पूर्व-जन्म में यह आकाश और स्मृति के रूप में थे और इस जन्म में राजीव और कमलेश के रूप में। फिर इनके साथ क्यों विधाता ऐसा खेल खेल रहा है? इनको क्यों ईश्वर इतना दुःख व कष्ट दे रहा है? क्या इस बार भी इन की नियति में एक दूसरे से अलग होना ही है? भुवर्लोक में मनु, किशोर, कुलदीप, तथा अमरीक सिंह यह सब देख रहे थे और सोच रहे थे। उन से विशेषता राजीव का दुःख तथा प्रताड़ना देखी नहीं जा रही थी। राजीव का दिन रात उदास रहना। वो चाह कर भी उनकी कोई सहायता नहीं कर सकते थे।

एक दिन सुनीता ने आकर राजीव को बताया था कि कमलेश की शादी कहीं तय हो गई है। सुनते ही राजीव को मानों होश ही नहीं रहा। उसने निश्चय कर लिया कि वह ऐसा नहीं होने देगा। कमलेश उसकी है और उसी की ही रहेगी। चाहे कुछ भी हो जाए। वह उसी समय कमलेश के पास मोहवला जाने के लिए तैयार हो गया। जब सुनीता ने उसका ऐसा निर्णय सुना तो उसने उसे रोक लिया- ""नहीं राजू ! ऐसा नहीं करो। इस समय परिस्थितियां सही नहीं है। तुम्हारे कुछ भी करने से परिस्थितियां

ओर भी खराब हो सकती हैं। इस समय यही उचित है कि थोड़ा सब्र से काम लो और अभी थोड़ी प्रतीक्षा करो।"

सुनीता की बात कितनी उसकी समझ में आई या कितनी नहीं, इसका तो कुछ नहीं कहा जा सकता। किन्तु उस समय राजीव ने मोहवला जाने का निर्णय स्थगित कर दिया। उस समय उसने सुनीता से भी कुछ नहीं कहा और चुपचाप घर चला आया।

दिन व्यतीत होते गए। न ही तो फिर राजीव की कमलेश से ही कोई मुलाक़ात हो सकी, न ही सुनीता के माध्यम से ही उसे कोई समाचार उसे मिल पाया।

राजीव की इस अवस्था से मनु, किशोर, कुलदीप, तथा अमरीक सिंह भी अवगत थे। किन्तु वो भी इस विषय में उसकी कोई भी सहायता नहीं कर सकते थे। उन्होंने कई बार कमलेश से संपर्क करने का प्रयास भी किया, किन्तु वो भी इस में सफल नहीं हो सके। होते भी कैसे? एक तो उनकी वहाँ पर अपनी भी कुछ सीमाएं थीं । दूसरा नियति की विडम्बना भी कुछ ऐसा निर्धारित कर चुकी थी।

फिर भी यह सब उनकी समझ से बाहर था कि जब आकाश ने स्मृति को ही पाने के लिए राजीव के रूप में फिर से जन्म लिया था और स्मृति ने भी राजीव के रूप में जन्म ले चुके आकाश को फिर से पाने के लिए कमलेश के रूप में जन्म लिया था तो फिर उनके जन्म-जन्मांतर के प्यार में इस प्रकार का व्यवधान क्यों उत्पन्न हो रहा है? क्या ऐसा ही होगा? क्या नियति ने उनके लिए ऐसा ही निर्धारित कर रखा है? क्या पूर्व जन्म के आकाश व स्मृति, इस जन्म में कमलेश और राजीव के रूप में जन्म लेने के पश्चात भी फिर से बिछुड़ जाएंगे? अभी तो यह सब कुछ सब की दृष्टि में अंधकार में ही था। अभी कुछ भी नहीं कहा जा सकता था।

दूसरी ओर अभी हुआ तो कुछ भी नहीं था, किन्तु राजीव अपने स्थान पर परेशान ही था। अब परिस्थितियां कुछ ऐसी बन गई थीं कि कभी भी कुछ भी उस की इच्छा के विपरीत भी हो सकता था। राजीव ने इस बात का भी बहुत प्रयास किया कि किसी प्रकार कमलेश के मन की थाह को वह पा सके ताकि उसी के अनुरूप वह भी कुछ निर्णय ले सके किन्तु

ऐसा संभव नहीं हो पा रहा था। एक बार कमलेश से खुल कर बात हो जाती। कमलेश का भी उसे पूर्ण सहयोग मिल जाता तो फिर तो बड़ी से बड़ी समस्या को भी वह सरलता से हल कर सकता था। उसकी समझ में कमलेश के मन की अनसुलझी पहेली की गुत्थी भी समझ में नहीं आ रही थी। जिस से किव वह हर समय जूझता रहता था।

उस दिन तो वह बात किसी कारण से रह गई थी। शादी की बात किसी कारण से तय नहीं हो पाई थी। किन्तु कब तक? अब जब बात चल ही पड़ी है तो इसका कभी भी कुछ भी परिणाम हो सकता है? इसका अंदेशा तो था ही।

उन्हीं दिनों राजीव के पास उसका कॉलेज का एक अभिन्न मित्र प्रशांत उससे मिलने उसके घर आया हुआ था। वह राजीव और कमलेश के अटूट प्यार के विषय में अच्छी तरह से जानता था। उसने जब राजीव की ऎसी अवस्था देखी और उसे उन दोनों की ऎसी स्थिति के विषय में विस्तृत रूप से ज्ञात हुआ तो उसने उसे सांत्वना देते हुए कहा कि एक दो दिन तक वह स्वयं कमलेश के घर उनके गांव जाएगा और उसके माता पिता को समझाने का प्रयास करेगा। राजीव ने उसे मना करना चाहा किन्तु कर न सका। वास्तव में इस समय तो वह भी यही चाहता था कि कोई तो हो जो उसकी कोई सहायता करे ।

राजीव की अनुमति मिलते ही दूसरे दिन ही प्रशांत मोहवला चला गया। वहाँ वह कमलेश के घर गया। घर पर उस समय कमलेश तथा उसकी मां ही थीं । प्रशांत ने उनको अपना परिचय दिया। उन सभी ने उसका स्वागत किया। इसके पश्चात मां के कहने पर कमलेश उसके लिए चाय वगैरह ले आई। चाय पीने के मध्य ही प्रशांत ने उन्हें अपने आने का उद्देश्य बताया और बात चला दी जिसके लिए वह विशेष रूप से यहां आया था। इस मध्य कमलेश अपनी मां के पास ही बैठी हुई थी। कमलेश की मां ने जब उसकी सारी बात सुनी तो उन्होंने भी उसे समझाते हुए उसके सामने अपना पक्ष रखते हुए उसे यह जानकारी भी दे दी कि कमलेश की शादी तो उन्होंने तय भी कर दी है और अब उस से पीछे हटने का तो कोई प्रश्न ही उत्पन्न नहीं होता था।

इस पर भी राजीव ने उन्हें समझाने का बहुत प्रयास किया। किन्तु उन्हें समझाने या मनाने में वह सफल नहीं हो सका। इस मध्य कमलेश उनके पास ही बैठी हुई थी। किन्तु उसने अपनी ओर से कोई भी प्रतिक्रिया व्यक्त नहीं की।

प्रशांत भी मायूस हो गया। उसने अपनी ओर से कई प्रकार के तर्क भी रखे थे। यहां तक कि उसने उन्हें यह भी समझाया कि कमलेश तथा राजीव दोनों ही एक दूसरे से बहुत ही अधिक प्यार करते हैं। इस तरह से वो राजीव के साथ साथ ही कमलेश के प्यार का भी गला घोंट रहे हैं। राजीव तो जीते जी ही मर जाएगा। किन्तु इस बात का भी उन पर कोई प्रभाव नहीं पड़ा। सब से बड़ी रहस्य पूर्ण बात तो यह थी कि इस बीच कमलेश ने अपनी ओर से एक शब्द भी नहीं कहा था।

प्रशांत को अपने आप पर बहुत ही विश्वास था कि किसी न किसी तरह से वह कमलेश के माता पिता को मना ही लेगा । किन्तु ऐसा नहीं हो सका। कमलेश के पिता तो घर पर नहीं थे। उसकी मां से ही विस्तार-पूर्वक सारा वार्तालाप हुआ था और उन्होंने ही स्पष्ट रूप में यह भी बता दिया था कि कमलेश की तो शादी भी तय हो चुकी है। अब एक माह के पश्चात ही उसकी शादी है। जिससे कि पीछे हट पाना अब उनके लिए किसी भी सूरत में संभव नहीं है।

प्रशांत की समझ में नहीं आ रहा था कि अब वह वापस जा कर राजीव को क्या बताएगा? क्या यह बताएगा कि कमलेश की तो शादी भी तय हो चुकी है और अब दो माह के पश्चात ही इसकी तिथि भी निर्धारित की जा चुकी है या यह कहेगा कि अब कमलेश कभी भी उसकी नहीं हो सकती। क्या बताएगा? चलो जो भी है, सच्चाई तो अब यही है। इसे तो स्वीकार करना ही पड़ेगा। उसे भी और प्रशांत को भी। यही सब सोचते हुए वह वापस आ गया।

वापस आने पर जब प्रशांत ने राजीव को सारी बात सुनाई तो उस पर कोई विशेष प्रतिक्रिया नहीं हुई। यह प्रशांत के लिए यहां आश्चर्यजनक था वहीं प्रसन्नता दायक भी था। नहीं तो वह उसके प्रति बहुत ही चिंतित था।

“वो सब तो ठीक है। अब तो इसी सब की आशा थी। अब सोचना यह है कि हमें करना क्या चाहिए? मेरे होते हुए कमलेश किसी ओर की तो हो नहीं सकती।” राजीव ने प्रशांत से कहा।

“ क्या करना नहीं है । अब हमें यह देखना है कि ऐसी परिस्थिति में हम कर क्या सकते हैं?” प्रशांत ने उसे समझाते हुए कहा।

“अभी एक माह शेष है कमलेश की शादी को। अब यह एक माह कैसे निकल जाएगा, हमें पता भी नहीं चलेगा।” राजीव ने चिंतित होते हुए कहा।

“थोड़ा धैर्य करो। सब ठीक हो जाएगा। उतावलेपन से कुछ हल नहीं होने वाला। तुम बस इतना ही करो कि कुछ उलटा सीधा मत सोचना।” प्रशांत ने उसे एक बार फिर समझाते हुए कहा।

उस दिन प्रशांत वहीं राजीव के पास ही रुक गया। रात को भी उन दोनों में बहुत देर तक बातचीत होती रही। प्रशांत ने राजीव को बहुत सी व्यवहार की तथा उसके कर्तव्य की बातें भी समझाई । इस मध्य समय मिलने पर राजीव की माँ ने भी प्रशांत से बात की। वह भी जानती थीं कि प्रशांत भी राजीव का अभिन्न मित्र है। वह उसे अच्छी प्रकार से समझा सकता है। इसलिए उन्होंने भी उसे राजीव को समझाने के लिए कहा।

दूसरे दिन प्रशांत राजीव से शीघ्र ही मिलने का वायदा करके चला गया। उस दिन राजीव ऑफ़िस भी गया। वैसे भी उसकी छुट्टी समाप्त हो गई थी। ऑफ़िस जा कर उस का दिल तो काम में नहीं लगा, किन्तु जो काम उसे पूरा करना था, वो तो करना ही था।

प्रशांत के जाने के कुछेक दिन के पश्चात भी, हालांकि राजीव ऑफ़िस तो प्रतिदिन जाता रहा किन्तु रहा वह परेशान ही। जब इंसान मझधार में फंसा हुआ हो और निकलने का कोई मार्ग नहीं सुझाई दे रहा हो तो परेशान होना स्वाभाविक ही है। ऐसा ही राजीव के साथ भी था। उसे भी इस समस्या का कोई हल नहीं दिखाई दे रहा था।

दिन व्यतीत होते रहे। कुछ नया नहीं हुआ। हां ! कभी कभी वह उदास बहुत ही हो जाया करता था। एक दिन सुबह उठने पर तो वह इतना उदास था कि उस ने किसी से भी कोई बात नहीं की। स्नान आदि से निवृत्ति होने के पश्चात बिना कुछ खाए पिये ही वह ऑफिस चला गया। उस दिन उसे

रात को स्वप्न में कमलेश मिली थी। उस दिन तो वह बहुत ही अधिक विचलित हो गया था। कमलेश के मिल कर जाने के बाद वह स्वप्न में भी हिचकियां भर भर कर रोता रहा था।

फिर उसी रात राजीव को स्वप्न में ही माता वैष्णो देवी के दर्शन हुए थे। उन्होंने उसे दिलासा देते हुए कहा- "इतना क्यों रोते हो राजू? जो भी हो रहा है सब ठीक ही हो रहा है। इसी में ही तुम्हारी और सब की भलाई है।" इतना कहने के साथ ही माता वैष्णो देवी अंतर्ध्यान हो गई।

इस सब का अर्थ राजीव को कुछ समझ में नहीं आया कि इस सब में उसकी क्या भलाई थी? भला कमलेश के उस से बिछुड़ जाने में उसकी या किसी भी अन्य की क्या भलाई हो सकती थी? काश ! एक बार माता वैष्णो देवी उसके सम्मुख प्रकट हो जातीं , तो फिर वह उनसे पूछता कि हे ! जगत जननी माता ! मुझे इतना तो बता दो कि अपना प्यार खो देने के पश्चात, अपनी ज़िंदगी समाप्त हो जाने के पश्चात, इस में उसकी कौन सी भलाई हो रही थी?

दर्द तो सदैव घाव भरने के पश्चात ही कम होता है। सांत्वना चाहे जितनी भी मिल जाए।

दोपहर को राजीव यूँ मन बेचैन होने पर घूमते हुए बाग़ की ओर चला गया। वहाँ तरह तरह के फूल थे। फूलों की सुगंध थी। पक्षियों का मधुर स्वर था। तितलियों की अठखेलियां व भंवरों की गुंजन। आसमान पर बदली छाई हुई थी। ठंडी ठंडी पवन धीमे धीमे बह रही थी। समय बहुत ही सुहावना तथा आत्मविभोर कर देने वाला था। राजीव एक पेड़ के तने का सहारा लेकर उसके नीचे बैठ गया- 'आखिर क्यों? मेरे साथ ही ऐसा क्यों हो रहा है? मेरे साथ ही क्यों? मेरा प्यार ही क्यों मुझ से बिछुड़ रहा है? मेरा इसमें क्या दोष है?

हमारी पाक मुहब्बत का ही क्यों इस प्रकार का परिणाम हो रहा है? मुझे बतलाओ माता ! संपूर्ण जगत की जननी ! माता वैष्णो देवी कि इसमें मेरा क्या दोष है? हमारी मोहब्बत में तो कोई दोष नहीं था? फिर हमारी मोहब्बत का ही ऐसा परिणाम क्यों?'

न जाने वह कितनी ही देर ऐसे ही अकेले बैठे हुए कभी अपने आप से तो कभी इस विधि के नियंता से, माता वैष्णो देवी से, इस प्रकार के प्रश्न

पूछता रहा। जिनका उत्तर उसे कभी भी न मिल सका। कभी भी नहीं। कम से कम इस जन्म में तो नहीं।

20

मनु, किशोर, कुलदीप, तथा अमरीक सिंह सारे उनके मित्र भी इस सारी परिस्थिति से अवगत थे। नियति के इस खेल को वो भी नहीं समझ पा रहे थे। अब तो सारी बाज़ी ही पलट गई थी। इस सब की तो किसी ने कल्पना तक भी नहीं की थी।

शादी का दिन भी आ गया। समय किसी की भी प्रतीक्षा नहीं करता। उसे तो अपनी निर्बाध गति से चलते ही रहना होता है। उस दिन कमलेश सारी रात रोती रही। रो रो कर उसकी आँखें भी लाल हो गई थीं । आज उसकी शादी थी। सुबह वह उठी भी शीघ्र थी। उठते ही जब वह अपने कमरे से बाहर आई तो उसे देखते ही उसकी माँ ने चिंतित हो कर पूछा- "कमलेश ! क्या बात है ? रात भर जागती रही थी क्या ? स्वास्थ्य ठीक है न?"

"ठीक हूँ माता ! यूं ही।" कमलेश ने दृष्टि झुका कर ही उत्तर दिया।

"फिर क्या बात है ? तुम्हारी आँखों में सूजन क्यों है ?" माँ ने पूछा।

"मालूम नहीं माता ! ऐसे ही होगी। ठीक हो जाएंगी।" कमलेश ने उत्तर दिया।

"नहीं कमलेश ऐसे ही नहीं। आज तुम्हारी शादी है। रात भर आराम नहीं मिलेगा। ऐसे में तो तुम्हारी आँखें ओर भी अधिक खराब हो जाएँगी।" कमलेश की माँ ने इसे गंभीरता से लेते हुए कहा।

प्रति उत्तर में कमलेश ने कुछ नहीं कहा।

"ठीक है। मैं कोई दवाई मंगवा देती हूँ। उसे आँखों में डाल कर थोड़ी देर आराम कर लो।" कमलेश की माँ कहते हुए वहाँ से चली गई।

बाहर सभी शादी की तैयारियों में व्यस्त थे। कहीं शामियाने वगैरह वाले अपने काम में लगे हुए थे तो कहीं पर रोटी बनाने वाले रोटी बना रहे थे। उसकी छोटी बहन तथा भाई भी दौड़ दौड़ कर घर के सारे आवश्यक कामकाज कर रहे थे तथा काम कर रहे लोगों का सहयोग कर रहे थे। घर में साथ सम्बन्धी भी आए हुए थे। सभी इस समय तक जाग कर स्नान वगैरह से निवृत हो कर शादी ब्याह के काम में हाथ बंटा रहे थे।

आज सुनीता ने भी आना था। आना तो उसे कल ही था लेकिन न जाने क्यों वह कल नहीं आई थी। आज तो वह हर हाल में आएगी ही। अभी वह यह सब सोच ही रही थी कि उसकी माँ उसके पास एक दवाई की शीशी लेकर आ गई- “यह दवाई ले लो कमलेश और इसे दिन में शाम तक चार पांच बार अपनी दोनों आँखों में डाल लेना।” यह कहते हुए उन्होंने दवाई की शीशी कमलेश को दी और स्वयं फिर किसी काम में व्यस्त हो गईं।

कमलेश दवाई की शीशी ले कर फिर अपने कमरे में चली आई। वह वैसे भी इस समय भी आराम ही करना चाहती थी। आज वह बहुत ही उदास थी। आज उसे राजीव की बहुत ही याद आ रही थी। रात स्वप्न में भी वह उसे दिखाई दिया था। वह भी बहुत रो रहा था। रोते हुए ही उसने कमलेश से कहा था- “कमलेश ? यह तुम ने क्या कर दिया ? एक मुझे तुम्हारा ही तो सहारा था। तुमने भी मेरा साथ छोड़ दिया ? अब तुम ही कहो मुझे कि मैं जीऊंगा भी तो किसके सहारे ? मैं तो एक पल भी तुम्हारे बिना नहीं रह सकता। तुम ही कहो कमलेश कि तुम मुझे किस के सहारे छोड़ कर जा रही हो ?”

“यह सब तो भाग्य का लिखा हुआ है राजू । इस पर मेरा या तुम्हारा कोई वश नहीं है।” कमलेश भी कहते कहते रोने लगी।

“अब क्यों रो रही हो ? यदि तुम मेरा साथ देती तो मैं किसी भी तूफ़ान से टकरा सकता था। अभी भी यदि तुम चाहो तो सब कुछ ठीक हो सकता है! अभी भी तुम साथ दो तो हम घर से भाग कर भी शादी कर सकते हैं। मेरी अच्छी नौकरी लगी हुई है। अच्छा कमा रहा हूँ। तुम्हें भूखा नहीं रखूंगा।” राजीव ने एक आस के सहारे कहा।

"नहीं राजू ! मैंने पहले ही कह दिया है कि भाग्य हमारे साथ नहीं है। अपने माता पिता की इच्छा के विरुद्ध जाना मेरे वश में नहीं है।"

"कमलेश ! ऐसी बात भी नहीं है। यदि हम चाहें तो इस रूठ गए भाग्य को फिर से मना सकते हैं। सारी परिस्थिति को फिर से अपने पक्ष में कर सकते हैं।" राजीव ने फिर उम्मीद का दामन नही छोड़ा।

"अब ऐसा नहीं हो सकता राजू ! मैंने तुम्हें एक बार पहले ही बता दिया था कि मैं अपने मात-पिता के मान-सम्मान के विरुद्ध नहीं जा सकती। वो जैसा भी करेंगे हमारे भले के लिए ही करेंगे। वो हमारे शत्रु नहीं हैं। वो कभी भी हमारा बुरा नहीं सोच सकते।" कमलेश ने अपनी विवशता बताते हुए कहा।

"कमलेश ! क्या प्यार तुमने अपने माता पिता से पूछ कर किया था ? यदि ऐसा ही था तो फिर तुमने मेरे साथ प्यार ही क्यों किया ? क्यों मेरे साथ चलते हुए हर पल मुझे सुनहरे ख़्वाब दिखाती रही ? वो आखिर क्या था जब तुम्हारी हर बात में प्यार ही प्यार भरा होता था ? विश्वासघात था ? तुम मेरे साथ झूठा प्रेम क्यों दर्शाती रही ? वो तुम्हारा प्यार और तुम्हारे प्यार भरे लम्हे क्या थे ? वो सब कहाँ चले गए ? क्या वो सब एक धोखा था ?" राजीव ने उत्तेजित होते हुए पूछा।

"मुझे कुछ नहीं मालूम राजू ! कुछ नहीं मालूम। प्लीज मुझे माफ़ कर दो।" कहते कहते कमलेश फिर रो पड़ी और फिर वह सारी रोती ही रही। जाने कब सुबह हो गई कुछ पता नहीं चला। बस ! सुबह का भी उसे तब ही पता चला जब उसकी छोटी बहन ने उसे उठाया था।

सुबह जब वह बिस्तर पर से उठी तो उसकी आँखें आँसुओं से भरी हुई थीं और वह बिस्तर में भी रो रही थी। उसे यूँ रोते हुए देख कर ही उसकी छोटी बहन ने पूछ लिया था- "क्या बात है दीदी ? रो क्यों रही हो? क्या कोई बुरा सपना देख लिया है ?"

"नहीं कोई बात नहीं है।" कमलेश ने उस से आँख चुराते हुए कहा।

कुछ देर पश्चात जैसे ही आँखों में दवाई डाल कर कमलेश कमरे से बाहर आई तो जैसे उसका स्वप्न साकार हो चुका था। सामने ही उसका राजू खड़ा था। सामने गेट पर ही उसे राजीव खड़ा दिखाई दिया।

उसका मन किया कि वह दौड़ते हुए जाए और उसके सीने से लिपट जाए और रोते रोते उसकी छाती भिगो दे। किन्तु उसके पाँव बंध से गए थे। वह चाहते हुए भी ऐसा कुछ भी नहीं कर सकती थी।

कई बार तो कुछ बंधन प्रकृति द्वारा बनाए गए होते हैं, किन्तु कई बार कुछ बंधन समाज द्वारा और कई बार कुछ बंधन तो इन्सान स्वयं ही अपने लिए भी बना लेता है। शायद लोकलाज के भय से या फिर अपनी अंतरात्मा के भय से। ऐसा ही कुछ कमलेश के साथ भी था।

वह थोड़ी सी द्वार की ओट में हो कर उसे देखने लगी। राजीव भीतर आ गया। सभी उससे परिचित तो थे ही। माता पिता, भाई बहन और उसके चाचा। कमलेश के चाचा उनके साथ ही रहते थे। वह भी राजीव से परिचित थे। भीतर आ कर राजीव उनसे बातचीत में व्यस्त हो गया। हालांकि उसने अपने आप को स्वाभाविक बना रखा था किन्तु, फिर भी उसके भीतर के ग़म को तो कमलेश ही भलीभाँति से समझ सकती थी। समझ भी रही थी। मन कर रहा था उससे बातें करने का। किन्तु अपने आप को उसने किसी तरह से संभाल रखा था।

राजीव की दृष्टि भी बातें करते हुए इधर उधर अपनी कमलेश को ही ढूंढ रही थी। दिल में था कि किसी से पूछ कर सीधा कमलेश के पास ही चला जाए। आज फिर से उसे समझाने का प्रयास करे। किन्तु वह उसे दिख नहीं रही थी। वह अभी ऐसा सोच ही रहा था कि सामने से उसे सुनीता आती हुई दिखाई दी। राजीव पर दृष्टि पड़ते ही वह धीमे से मुस्कुरा दी। पास आ कर पूछा- "कैसे हो ?"

"ठीक हूँ।" उसने भी सुनीता के पास आते हुए उत्तर दिया तथा प्रार्थना भरे स्वर में कहा- "सुनीता ! जैसे भी हो मुझे आज एक बार कमलेश से मिला दो। जैसे भी हो। कम से कम मैं एक बार उससे मिलना चाहता हूँ। यह मुझ पर तुम्हारा एक बहुत बड़ा एहसान होगा"

"ठीक है। प्रयास करूँगी। किन्तु याद रखना कि कमलेश की आज शादी है। कुछ गड़बड़ न होने पाए।" सुनीता ने उसे समझाते हुए कहा। इसके साथ ही फिर सुनीता भीतर की ओर चली गई। सांत्वना पाकर राजीव भी दूसरी ओर चला गया और जा कर दूसरे लोगों के साथ शादी के कामों में व्यस्त हो गया।

दोपहर हो गई। शाम भी होने को आ गई। राजीव प्रतीक्षा कर रहा था कि कब सुनीता उसे उसकी कमलेश से मिलवाती है। घर के भीतर तो वह भी सुगमता पूर्वक से आ जा सकता था। किन्तु यहाँ लड़कियाँ बैठी हुई थीं और उस कमरे में जाने में उसे झिझक हो रही थी। उसी समय सुनीता उसके पास चली आई। उसके पास आ कर धीरे से उसने कहा- "पांच मिनट में घर के पीछे के कमरे में आ जाओ। मैं सुनीता के साथ बहाने से वहीं आ कर मिलती हूँ।" इतना कहकर वह फिर वापस कमरे में चली गई। बस राजीव को तो मानों मुंह-मांगी दुआ पूरी हो गई हो। वह तुरंत ही वहाँ से बाहर आ गया।

अब अपने आप पर उससे नियंत्रण नहीं हो पा रहा था। पांच मिनट के भीतर ही वह घर के पीछे के कमरे में आ गया। उसके पहुँचने के पहले ही सुनीता वहाँ आ चुकी थी। कमलेश भी उसके साथ ही थी। राजीव के सामने आते ही जैसे ही कमलेश ने उसकी ओर देखा तो कमलेश से दृष्टि मिलते ही राजीव की आँखों में रुका हुआ आंसुओं का सैलाब फूट निकला। वह बहुत भावुक हो गया। वह फूट ही पड़ा- "क्यों कमलेश ? क्यों ? आखिर क्यों किया तुमने मेरे साथ ऐसा ?"

"राजू ! तुम्हें यहां नहीं आना चाहिए था।" कमलेश ने दृष्टि नीचे किये हुए ही धीमे स्वर में कहा।

"क्यों नहीं कमलेश ? अपनी बर्बादी का जश्न भी देखने का अधिकार मुझे नहीं है क्या ? हाँ कमलेश ! एक बात तो मुझे बता दो, तुम्हें बीते हुए उन लम्हों की ही कसम जो हमारे प्यार के कभी साक्षी रहे हैं कि यदि तुम प्यार निभा नहीं सकती थी तो फिर तुमने प्यार किया ही क्यों था ? मुझे सिर्फ इतना बता दो कि तुमने ऐसा क्यों किया ? क्या कमी थी मेरे प्यार में ?" राजीव ने मानों गिड़गिड़ाते हुए ही पूछा।

"अब इन सब बातों का कोई लाभ नहीं राजू ! बेहतर यही है कि अब तुम भी इस सच्चाई को स्वीकार कर लो और सुख पूर्वक अपना जीवन व्यतीत करो। व्यतीत हुए समय को भूल जाओ।" कहते हुए कमलेश वापस जाने के लिए आगे बड़ी।

"ठीक है कमलेश ! अब तुम जा ही रही हो तो क्या इसे मैं अपने प्यार के बिछोह तथा ज़िंदगी की आख़रि मुलाक़ात ही समझूँ ?" राजीव

ने निराशा पूर्ण रुआंसे स्वर में कहा।

राजीव के स्वर में इतना दर्द व निराशा का भाव था कि जाती हुई कमलेश के पाँव वहीं पर ठिठक गए- "नहीं राजू ! ऐसी कोई बात नहीं। ऐसी बात क्यों करते हो तुम ? हम बाद में भी मिलते ही रहेंगे। एक अच्छे मित्र की तरह। तुम समझदार हो। सब समझते हो।"

राजीव ने कोई उत्तर नहीं दिया। वह अब चुपचाप निस्तेज दृष्टि से उसे जाता हुआ खामोश खड़ा देखता रहा और फिर वहाँ पर ही बैठ गया।

"अच्छा ! अब चलती हूँ। बाय !" कह कर फिर बिना एक पल भी रुके कमलेश वहाँ से चली गई। उसके साथ ही सुनीता भी चली गई। किन्तु राजीव वहाँ पर ही बैठा रहा। अकेला। निराश। उदास। न जाने कितनी देर ! अपनी वीरान और उजाड़ जिंदगी की उदासियों को तन्हा साथ में लिए हुए।

21

शाम का समय ! ठीक समय पर बारात आ गई थी। वैसा ही शोर शराब वैसी ही शान शौकत जैसी कि आमतौर से बारात में होती है। बैंड-बाजा। नाच गाना। शहनाई का स्वर। राजीव के कानों में पिघल रहे शीशे के सामान पड़ रहा था। सब कुछ सहन कर पाना राजीव के लिए इतना सरल नहीं था।

राजीव की आँखें यह सब मंजर देख रही थीं और दिल उसका सच्चाई के आभास से भीतर ही भीतर रो रहा था। ऐसा लग रहा था कि जैसे वह इस सब से अनभिज्ञ हो कि यह सब क्या हो रहा है। उसमें सच्चाई का उसे रंचमात्र भी एहसास न हो रहा हो। वह एक बेजान सा पुतला बन कर रह गया था। इस पर भी वह जिस प्रकार से कमलेश के परिवार के सदस्यों के साथ हर गतिविधि में सम्मिलित हो कर सब कार्य कर रहा था, यह सब साधारण आदमी के वश की बात नहीं थी। न ही उसके चेहरे पर ही कोई भाव था, न ही उसके व्यवहार में ही किसी प्रकार का कोई क्षोभ या किसी प्रकार का आक्रोश।

कभी कभी ऐसे भी क्षण आते हैं जीवन में जबकि दिल रो रहा होता है और चेहरा मुस्कुरा रहा होता है। सब से अपना ग़म व दुःख दर्द छुपाते हुए भी जिए चले जाना पड़ता है। राजीव अपना दुःख दर्द सब कहे भी तो किस से कहे? कौन था यहां पर उसका अपना ? न ही तो इस समय उसके पास उसका कोई मित्र ही था, न ही उसका कोई दूसरा सहानुभूति रखने वाला। सबसे अधिक जो उसका अपना था, जिस पर उसे सबसे अधिक विश्वास था, जब वह ही उसके साथ नहीं रहा तो फिर ओर अपना रहा भी

कौन?

बारात खाना वगैरह खा कर चली गई थी। दूल्हा व उसके कुछ मित्र तथा सम्बन्धी वहाँ पर ही रह गए थे। कमलेश के पारिवारिक लोग तथा उनके अन्य सम्बन्धी साथी अब उनकी आवभगत में व्यस्त थे।

दूल्हा के साथियों में ही राजीव का एक बैंक का सहयोगी भी मिल गया। परिचय तो राजीव का उसके साथ पहले से ही था। जब राजीव को उसने वहाँ देखा तो उसने स्वयं ही उसे अपने पास बुलाया और गपछप करने लग गया। उसका नाम पुरुषोत्तम था। पुरुषोतम ने उस बताया था कि जो लड़का शादी करने आया है वह उसके चाचा का लड़का है। सुन कर राजीव के दिल में पल भर के लिए तो आया कि वह अभी सारी की सारी बात उसे बता दे, ताकि वो इसी समय शादी होने से पहले ही यहां से चले जाएँ। जिससे कि फिर कोई भी कमलेश से शादी करने के लिए तैयार न हो और फिर कमलेश के माता पिता के पास कमलेश की शादी उससे करने के अतिरिक्त कोई विकल्प ही न बचे। किन्तु अगले ही पल उसे अपने इस विचार के प्रति, स्वयं अपने आप से ही घृणा सी होने लगी। कितनी घटिया सोच है उसकी ! कितना स्वार्थी था वह ! अपने स्वार्थ के लिए वह क्या क्या बातें सोचने लगा था ! क्या ऐसे में उसकी कमलेश फिर कभी उसे माफ़ करती ? शायद जीवन भर वह उसे माफ़ नहीं करती। अगले ही पल उसने अपने दिमाग में आ रहे ऐसे विचारों को झटका दिया और पुरुषोत्तम के साथ अन्य बातों में लग गया।

दूसरी ओर शादी की तैयारियां भी चल रही थीं। राजीव वहां से उठ कर बाहर चला आया। शायद उससे यह सब देखा नहीं जा रहा था और बर्दाश्त नहीं हो रहा था। उसने दूसरे कामों में अपने आप को व्यस्त कर लिया। इस मध्य एकाध बार उसकी सुनीता से भेंट भी हुई थी, किन्तु फिर उनकी आपस में कोई विशेष बातचीत नहीं हो सकी। अब बातचीत को वैसे बचा भी क्या था ?

बस अब सुबह तक तो किसी प्रकार से समय व्यतीत करना ही था। इससे पहले चले जाने का न ही तो उसका साहस हो रहा था, न ही मन था। ना जाने क्यों ? ऐसे में कौन अपनी तबाही होते हुए देखना चाहता है ? भला कौन अपनी मोहब्बत को यूँ लुट जाते हुए देख सकता है ? शायद

राजीव ही था ऐसा ! हालांकि एकाध बार उसका मन हुआ कि चुपचाप वह उठ कर यहां से चला जाए। लेकिन इसके लिए भी उसका मन नहीं मान रहा था।

उसके सामने ही उसकी दुनिया लुट रही थी और वह चुपचाप यह सब देख रहा था। इसके सिवा वह ओर कर भी क्या सकता था ? जब उसका प्यार, उसकी कमलेश ही उसका साथ नहीं दे रही थी तो वह ओर कर भी क्या सकता था ? एक प्रकार से उसने पराजय ही स्वीकार कर ली थी, बल्कि यूं कहिए कि करनी पड़ी थी। उसके पास अन्य कोई मार्ग था भी तो नहीं। सुबह तक वह यूं ही बैठा रहा। अपनी ही बर्बादी का मंज़र देखता रहा। उसके सामने ही कमलेश की शादी हो रही थी। होती रही और वह चुपचाप देखता रहा। उसकी कमलेश उसके सामने ही किसी पराए की हो गई। किसी दूसरे की हो गई थी और वह कुछ भी नहीं कर सका।

उसके पास कोई मार्ग ही नहीं था। वह करता भी तो क्या करता? बस अब तो उसके भाग्य में जीवन भर के लिए रोना, तड़पना, सिसकना और आहें भरना ही लिखा था। इस सब को वह भली भांति समझ रहा था।

शादी संपन्न हो चुकी थी। जिसे राजीव ने स्वयं अपनी आँखों से अपने सामने होते हुए देखा था। अब जैसे ही शादी संपन्न हुई और दुल्हन को विदा करने की तैयारी होने लगी तो राजीव से ये सब सहन नहीं हो पाया। वह वहाँ से निकल जाने के लिए उठ खड़ा हुआ। न जाने अब तक भी उसने अपने आप को कैसे संभाल रखा था !

सुनीता उसे ध्यान से देख रही थी। जैसे ही वह वहाँ से उठ कर बाहर की ओर जाने लगा, सुनीता ने किसी लड़के को उसके पास भेज कर उसे रोक लिया। हालांकि कमलेश के परिवार वाले और सुनीता भी उस समय रो रहे थे, फिर भी सुनीता राजीव की मनोदशा से भलीभांति परिचित थी। जब सुनीता ने उसको रुकने के लिए कहा तो एक पल के लिए तो उसको वहाँ रुक पाना संभव नहीं प्रतीत हुआ किन्तु फिर भी, अगले ही पल कुछ सोच कर वह रुक गया।

राजीव की मनोदशा से शायद वहाँ सुनीता के अतिरिक्त ओर कोई भी परिचित नहीं था। फिर भी जैसे ही राजीव के सामने ही दुल्हन की विदाई हुई, तो वह अपने आप को रोक नहीं सका। उसके सामने ही उसकी

कमलेश, उसका प्यार उससे सदा सदा के लिए बिछुड़ गया था। उसकी कमलेश सदा सदा के लिए उससे दूर, हमेशा हमेशा के लिए दूर, बहुत दूर चली जा रही था। अब वह सदैव के लिए ही उससे अलग हो गई थी। वह केवल शून्य आँखों से उसे जाते हुए देखता रहा और कुछ भी न कर सका। कारवाँ चलता जा रहा था। कारवाँ चला गया और गुबार पीछे देखते रह गए थे। राजीव का मन किया, वह जाती हुई कमलेश को, अपनी मुहब्बत को ज़ोर जोर से आवाज़ दे, और उसे रोक ले। सदा सदा के लिए रोक ले उसे। न जाने दे- "कमलेश..............कमलेश...........।"

22

"कमलेश.......... कमलेश...........!" उसका स्वर दूर दूर तक, उन वादियों में, उन वीरानों में और पहाड़ियों में गूँजने लगा। बाहर का वातावरण कुछ शीतलता लिए हुए नमीयुक्त था। मानों राजीव के हालात पर वो भी रो रहा था। दूर दूर तक फैली हुई पहाड़ियों और सुबह के शांत वातावरण में कुछ अलग ही प्रकार की उदासी थी। सारी प्रकृति ही शायद उसकी इस अवस्था से परिचित व शोकाकुल थी।

कमलेश के विदा होते ही अब राजीव एक क्षण के लिए भी नहीं रुक सका था वहां पर। अब वहां पर रुक कर वह करता भी तो क्या ? सब कुछ तो लूट ही चुका था उसका। इस का एहसास होते ही उसकी आँखों में गंगा यमुना का सैलाब उमड़ आया था। अब आँसू उसकी आँखों में रोकने से भी रुकने वाले नहीं थे। वह तुरंत ही वहाँ से निकल बाहर निकल आया।

बाहर अभी भी दुल्हन के जाने के निशान दिखाई दे रहे थे। अभी भी वहाँ कमलेश के साथ सम्बन्धियों की भीड़ दिखाई दे रही थी। अभी भी वहाँ पर कमलेश के माता पिता खड़े थे। अभी भी वहाँ पर कमलेश के माता पिता के साथ सुनीता खड़ी थी। अभी भी उनके सामने धूल भरा एक गुबार था। जिसमें राजीव की कमलेश खो गई थी। सदा सदा के लिए उससे बिछुड़ गई थी। वह यह सब सोच ही रहा था कि ठीक उसी पल सुनीता की दृष्टि राजीव से मिली तो वह उसकी अवस्था भाँप कर कुछ विचलित सी हो गई। लेकिन कर भी क्या सकती थी ?

अब राजीव वहाँ एक पल के लिए भी रुकना नहीं चाहता था। वह तुरंत ही वहाँ से बाहर आकर एक ओर खड़ी अपनी कार की ओर बढ़ आया।

कार के पास पहुँच कर उसने अपनी जेब से कार की चाबी निकाली ओर खिड़की खोल कर भीतर सीट पर बैठते हुए कार का इंजन स्टार्ट कर दिया। सुनीता ध्यान से राजीव की हर गति विधी को देख रही थी। उसने राजीव को अपनी कार की ओर जाते हुए देखा। फिर उसे कार में बैठ कर इसे स्टार्ट करते हुए भी देखा। इसके पहले कि वह कुछ भी देख पाती या समझ पाती, राजीव की कार एक झटके से आगे बढ़ गई। सुनीता का हृदय किसी अनहोनी की आशंका से सहसा ही कांप सा गया। इससे पहले कि वह कुछ सोच,समझ या कर पाती, तब तक राजीव दूर जा चुका था और कुछ ही क्षण में वह दृष्टि से लुप्त भी हो गया।

राजीव कार चला रहा था। निर्लिप्त भाव से। अपनी ही दुनिया में खोया हुआ सा। कार के भीतर पूरी तरह से खामोशी व्याप्त थी। केवल सुनाई दे रहा था तो कार का दबा सिसकता हुआ स्वर। आँखें आँसुओं से भरी हुई थी और सामने कमलेश की शादी के साथ साथ ही उसके साथ, उसकी व्यतीत की हुई ज़िंदगी के सारे लम्हे भी तैर रहे थे- "आखिर क्यों कमलेश ! तुम तो दुनिया में आई ही मेरे लिए थी। जन्म जन्म का साथ था हमारा तुम्हारा। फिर तुमने मुझे इस प्रकार बीच राह में ही क्यों छोड़ दिया ? क्यों तुमने मेरे साथ बेवफाई की ?" न जाने किस लय में वह दीवानों की तरह अपने आप से ही बातें करता जा रहा था।

इसी प्रकार यूं ही वह अपने आप से ही बातें करता जा रहा था कि फिर न जाने सहसा ही उसके मन में क्या आया कि उसने एक स्थान पर अपनी कार को रोक दिया। कार को एक ओर खड़ा कर के नीचे उतर गया। नीचे उतर कर वह चलता हुआ सड़क के किनारे किनारे लगी हुई रोलिंग के पास आ कर खड़ा हो गया। सामने वही आबादी थी। वही गांव था। यहां उसकी कमलेश रहती थी। यहां देखते ही देखते उसका सब कुछ खो गया था। कुछ क्षण यूँ ही खड़ा वह अपनी निस्तेज आँखों से कभी उस आबादी की ओर तथा कभी आकाश की ओर देखता रहा। फिर सहसा ही उसके मन में न जाने क्या आया कि उसने ज़ोर से आवाज़ दी- "कमलेश......... कमलेश..........!"

न जाने कितनी ही देर वह यूं ही दीवानों के सामान उसे आकाश में, उस शून्य में निहारता रहा। आवाज़ें देता रहा-"कमलेश.........

कमलेश.........!" और फिर अगले ही पल वहीं रोलिंग के साथ ही बैठ कर फुट फुट कर रोने लगा।

उसकी सदा सारी पहाड़ियों में गूँजने लगी। गूँजती रही, लेकिन शायद वहां पर उसे सुनने वाला कोई नहीं था। उसके आँसू वातावरण को भिगोते चले गए। लेकिन उन्हें पौंछने वाला वहां पर कोई नहीं था। उसके दुःख से सारा वातावरण भी मानों दुखी हो गया था। किन्तु उस के दुःख में सम्मलित हो कर उसे सांत्वना देने वाला वहां पर कोई नहीं था। आस पास के पेड़ पत्तों से उसके दुख में आंसुओं के रूप में पानी की बूँदें नीचे गिर रही रही थीं। आसमान में बादल घिर आए थे। मानो वो भी फूट फूट कर रोने को हो रहे हों। कोहरा भी फैलने लगा था। ठंढक बढ़ती जा रही थी। सर्द हवाएँ चलने लगी थीं। बारिश की बूँदें पड़ना आरम्भ हो गई थीं।

अगले ही पल लगा, शायद राजीव कहीं पहाड़ी से नीचे छलांग ही न लगा दे। किन्तु इसके विपरीत वह वहीँ पर नीचे बैठ गया। 'क्यों ? आखिर मेरे साथ ही क्यों ? ऊपर वाले तू ने मेरे साथ ही ऐसा क्यों किया ? क्यों मेरा ही प्यार छीन लिया तुमने ? क्या मिला तुम्हें मेरा प्यार छीन कर ? क्या मिला ?' बहुत ही मायूस हो गया था वह। रोते रोते वो बेसुध सा हो गया।

थोड़ी देर तक वह यूँ ही निराश व मायूस सा वहीं पर बैठा रहा। फिर जब धीमी धीमी बारिश शुरू हो गई तो उठ कर अपनी कार की ओर चला आया। पास आकर उसने कार की खिड़की खोली और सीट पर बैठ कर कार की खिड़की के शीशे ऊपर चढ़ा दिए। फिर कुछ पल शांत बैठे रहने के पश्चात उसने कार स्टार्ट की और मार्ग पर ला कर उसे गति में डाल दिया।

इस बार न जाने क्या था कि ज्यों ही उसकी कार सड़क पर आई, उसकी गति भी बढ़ने लगी। मार्ग पर कोई अधिक वाहन या आवाजाही तो नहीं थी। फिर भी इस पहाड़ी मार्ग पर कार को अपने नियंत्रण में रखना आवश्यक है। थोड़ी सी असावधानी भी किसी बड़ी दुर्घटना का कारण बन सकती है। वैसे भी यह स्थान यहां पर इस समय राजीव कार चला रहा था कुछ अधिक ही ऊंचाई पर था। नीचे लगभग एक हज़ार फुट नीचे एक पहाड़ी नदी बह रही थी। सामने दूर दूर तक फैली हुई पहाड़ियां।

एक बार थोड़ी सी भी चूक हो जाए तो फिर कहीं नामो निशान तक भी न मिले। राजीव सामने की ओर देख रहा था और कार की स्पीड थी कि बढ़ती ही जा रही थी। बारिश भी अब पहले से अधिक बढ़ गई थी। पानी की बूँदें निरंतर गति से शोर करती हुईं कार की विंडस्क्रीन पर गिर रही थीं। जिससे अब कुछ स्पष्ट नहीं दिख रहा था।

राजीव था कि उसका इस ओर ध्यान ही नहीं था। सामने अस्पष्ट सा मार्ग था और मार्ग के ऊपर बारिश के आंसुओं से भरे, रोते हुए बादल। बादलों के ऊपर हवाओं में उसे कमलेश का चेहरा दिखाई दे रहा था। वह मुस्कुरा रही थी तथा इशारों से उसे अपनी ओर आने का संकेत कर रही थी। राजीव के चेहरे पर भी एक स्निग्ध सी मुस्कान तैर रही थी। वह विक्षिप्त सा हो गया था। सामने मार्ग की ओर उसका ध्यान कम और कमलेश से बातें करने में अधिक था। वह निरंतर उस से ही बातें किए जा रहा था। बातें किए जा रहा था और उत्तेजना में उसकी कार की गति बढ़ती जा रही थी, एक सो, एक सो दस, एक सो बीस, एक सो तीस, चालीस, पचास, साठ..................!

तभी एक ज़ोर का धमाका सा हुआ। अगले ही पल कार मार्ग के एक ओर लगी रोलिंग को तोड़ती हुई हवा में आ गई थी। यहां राजीव बादलों में कमलेश से बातें कर रहा था। यहां हवाओं में कमलेश थी। राजीव को वहाँ कुछ भी नहीं दिखाई दिया। अब वहाँ पर कमलेश नहीं थी। वह नितांत अकेला ही था। सब एक भ्रम मात्र ही था। उसी स्थान पर। ठीक उसकी दृष्टि के सामने ही, उसकी कार हवा में पलटते हुए नीचे की ओर गिरती जा रही थी। नीचे बहती हुई नदिया की धारा की ओर। ठीक यही क्षण था, जब कार में एक ज़ोरदार का धमाका हुआ और कार आग के एक गोले के रूप में बदल गई।

राजीव की समझ में ही नहीं आया कि यह सब क्या हुआ है ! बस अगले ही पल जैसे ही उसने अपनी कार को नदी की धारा में समा जाते देखा, नदी की धार को भी उसने अपनी ओर उछलता देखा। यही क्षण था जब उसने अपने आप को भी बादलों के बीच ही पाया। वहीं पर, यहां उसकी कमलेश खड़ी थी और वह उससे बातें कर रहा था। लेकिन, अब वहाँ पर कोई भी नहीं था। कुछ भी वहाँ पर शेष नहीं था। अपने पास उसने

कमलेश को देखना चाहा किन्तु अब वह भी वहाँ पर नहीं थी।

तत्क्षण उसकी आँखें बोझिल सी होने लगीं। सामने का सारा दृश्य उसकी आँखों के सामने धूमल सा होने लगा। तंद्रा सी छाने लगी। अपनी उन मुंदती हुई आँखों से ही उसने अपने सामने देखा। यहां पर उसके समक्ष कुछ जाने अनजाने से चेहरे थे। मनु, किशोर, कुलदीप, गोपाल तथा अमरीक सिंह। सारे मित्र। उन्हें वह पहचानने का प्रयास करने लगा और फिर धीरे धीरे उसने अपनी सुधि लुप्त होने से पूर्व ही पहचान भी लिया।

उसे धीमे धीमे हवा के हलके हलके से झोंके से महसूस हो रहे थे। छोटे छोटे से हिचकोले से भी महसूस हो रहे थे। ऐसा लग रहा था जैसे कि वह किसी बहुत ही आरामदायक रेलगाड़ी में सोया हुआ यात्रा कर रहा हो तथा रेलगाड़ी बहुत ही द्रुत गति से चली जा रही हो। साथ में ही किसी बहती हुई नदी का सा शोर भी सुनाई दे रहा था।। ठीक ऐसा ही लग रहा था कि जैसे किसी नदी के किनारे किनारे या नदी की धारा के मध्य से होती हुई कोई रेलगाड़ी जा रही हो और वह उसमें बेसुध सा पड़ा हुआ कोई अनजान सा सफर तय कर रहा हो।

23

अभी है !

24

पीहू ! पीहू ही था उसका नाम। 25 वर्ष के लगभग आयु। जितना प्यारा व खूबसूरत नाम था उसका, उतनी ही वह स्वयं भी खूबसूरत थी। इसी वर्ष उसने अपनी स्नातक की परीक्षा उत्तीर्ण की थी तथा इसके पश्चात ही वह फैशन डिजाइनिंग की पढ़ाई करने के लिए दिल्ली चली आई थी। इसी मध्य एक दिन अपने मित्रों की देखा देखी उसने एक फैशन डिजाइनर कंपनी में नियुक्ति के लिए प्रार्थना पत्र दे भी दिया था। कुछ दिन पश्चात ही उसे वहाँ से साक्षात्कार के लिए भी बुला लिया गया। आज वह वहीं पर साक्षात्कार के लिए जा रही थी।

दिल्ली जैसे शहर के मुख्य बाज़ार कनॉटप्लेस में कंपनी का मुख्य कार्यालय था। कंपनी के मुख्य कार्यालय के नीचे ही कंपनी का एक भव्य शो रूम भी था। हिमाचल प्रदेश के चम्बा गांव की रहने वाली पीहू ! इस समय ठीक 'विराज फैशन डिज़ाइनर' के ऑफ़िस के सामने खड़ी थी। उसने एक नज़र कंपनी के शो रूम की ओर देखा तो उससे प्रभावित हुए बिना न रह सकी। शो रूम बहुत बड़ा तथा शानदार था। शो रूम के ऊपर ही कंपनी का मुख्य कार्यालय भी था जो कि पहली मंज़िल पर ही स्थित था। शो रूम के साथ ही एक लिफ्ट भी लगी हुई थीं। जिससे आसानी से कंपनी के मुख्य कार्यालय में आया जाया जा सकता था।

कुछ देर वह नीचे खड़ी कम्पनी के भव्य शो रूम को देखती रही। फिर वह शो रूम के साथ लगी हुई लिफ्ट से कम्पनी के ऑँफिस के भीतर पहुंच गई। कुछ ही देर में वह कंपनी के आफिस में थी। सारा ऑफ़िस ही बहुत भव्य था। पीहू ने वहाँ ऑफ़िस के सामने बैठी हुई खूबसूरत सी

दिखाई देने वाली रिसेप्शनिस्ट को अपना परिचय दिया और अपने आने के विषय में बताया। रिसेप्शनिस्ट ने उसे कुछ देर बैठने के लिए कहा तथा उसके आने की सूचना भीतर ऑफ़िस में भेज दी। थोड़ी ही देर में उसे भीतर से बुलावा आ गया।

सामने कमरे के द्वार पर कुमार नंदन के नाम की सुनहरे अक्षरों में लिखी हुई एक नेमप्लेट लगी हुई थी। क्षणिक दृष्टि से उसने नेमप्लेट की ओर देखा तथा द्वार खोल कर अनुमति लेने के पश्चात वह भीतर प्रवेश कर गई। सामने एक बड़े से मेज़ के पीछे रिवॉल्विंग कुर्सी पर एक खूबसूरत सा नौजवान बैठा हुआ था।

पीहू ने उसे शालीनता से अभिवादन किया। इसके साथ ही जैसे ही उस नौजवान की दृष्टि पीहू पर पड़ी, उसे एक प्रकार का झटका सा महसूस हुआ। न जाने क्या बात थी ! पीहू का सौंदर्य ही ऐसा था या उसकी शालीनता ! पर सामने बैठे हुए कुमार नंदन के चेहरे पर अदृश्य सा बल अवश्य ही पढ़ गया। लगा कि जैसे कहीं न कहीं उसने पीहू को पहले भी देखा हुआ है। उससे कुछ गहरी सी जान पहचान है। पूर्व-जन्म की, या इस जन्म की, या फिर जन्म जन्म की। वह पल भर के लिए किसी सोच में डूब सा गया। पल में ही वह कहीं से कहीं पहुँच गया।

"सर मेरा नाम पीहू शर्मा है।" पीहू ने कुर्सी पर बैठते हुए अपना परिचय दिया।

पीहू का स्वर सुनते ही, वह मानो किसी तंद्रा से जाग गया था। प्रति उत्तर में कुमार नंदन ने गर्दन हिला कर पीहू का अभिवादन स्वीकार किया तथा उसे कुर्सी पर बैठने के लिए कहा।

पीहू आगे बढ़ कर कुर्सी पर बैठ गई। कुछ ऐसा ही पीहू को भी महसूस हो रहा था। पर, कहाँ वह हिमाचल प्रदेश के चम्बा गांव की रहने वाली। अभी तीन चार माह पहले ही तो वह दिल्ली आई थी फैशन डिज़ाइनिंग के कोर्स के लिए। इसी मध्य एक दिन ऐसे ही उसने जब एक कंपनी में एक नियुक्ति के विषय में पढ़ा तो उसने आवेदन पत्र भेज दिया था। फिर कुछ ही दिन पश्चात उसे वहाँ से साक्षात्कार के लिए पत्र भी मिल गया था। इस बीच वह अपने मित्रों के साथ दिल्ली में कोई अधिक घूमीफिरी भी नहीं थी। फिर कनॉटप्लेस की ओर तो वह वैसे भी कभी नहीं आई थी।

अगले ही पल इस सब को उसने साधारणतया ही लेकर अपना ध्यान साक्षात्कार की ओर लगा दिया।

"आपका नाम?" कुमार नंदन ने फिर से पूछ लिया।

"जी पीहू !" पीहू ने उत्तर दिया।

कितना प्यारा नाम है। मन ही मन वह सोचने लगा। जितनी स्वयं खूबसूरत है, उतना ही प्यारा इसका नाम भी है। सोचते हुए ही उसने फिर पूछा- "कहाँ रहती हैं आप ?"

"जी ! अशोक विहार !" पीहू ने उत्तर दिया।

"अभी आपने पिछले वर्ष ही स्नातक की परीक्षा उत्तीर्ण की है। फैशन डिजाइनिंग का कोई अनुभव है आपके पास ?" कुमार नंदन ने पूछा।

"जी नहीं। इसके लिए मैंने अभी प्रवेश लिया है।" पीहू ने हुए उत्तर दिया।

अभी इस ने इसके लिए प्रवेश ही लिया है। सोचते हुए उसने उसके घर परिवार के विषय में भी जानना चाहा - "आप हिमाचल के चंबा गांव की रहने वाली हैं। आपने अपनी परीक्षा प्रथम श्रेणी में उत्तीर्ण की है।"

कुछ क्षण रुक कर कुमार नंदन ने फिर पूछा- "आपके डैडी क्या करते हैं पीहू जी ?"

"जी ! वह हिमाचल प्रदेश के वन विभाग में थे। इस समय वह सेवानिवृत्त हैं। घर में खेती बाड़ी का ही काम देखते हैं।"

"ठीक है पीहू जी !" कुमार नंदन उस से बहुत सारी बातें करना चाहता था, किन्तु उसकी स्वयं की ही समझ में नहीं आ रहा था कि क्या बात करे। वैसे तो साक्षात्कार में पूछने के लिए ढेरों प्रश्न हो सकते हैं, किन्तु इस समय वह कुछ असमंजस की सी स्थिति में था। उसकी पीहू से सात्रक्षात्कार लेने की अपेक्षा उस के विषय मे जानने में अत्यधिक रुचि थी। उस पर पीहू की उपस्थिति का कुछ विचित्र सा प्रभाव पड रहा था।

"पीहू जी ! आपका नाम बहुत प्यारा सा है। यह किसने रखा था ? मेरा कहने का आशय कि मम्मी ने या फिर डैडी ने ?" कुछ अनपेक्षित सा प्रश्न पूछ लिया कुमार नंदन ने। किन्तु अगले ही पल उसे इस बात का एहसास भी हो गया कि वह इतनी बड़ी कंपनी का डायरेक्टर है तथा इस समय एक साक्षात्कार के लिए आई हुई लड़की से से साक्षात्कार ले

रहा है। यह किस प्रकार के प्रश्न पूछ रहा है, किन्तु अब ती वह तो पूछ ही चुका था। शब्द तो मुंह से निकल ही गए थे।

"जी डैडी ने !" पीहू ने बिना किसी संकोच के उत्तर दे दिया। उसे भी एक तरह से कुमार नंदन से बातें करना अच्छा लग रहा था।

"आप के परिवार में ओर कौन कौन है?" कुमार नंदन ने उसके विषय में कुछ ओर जानने के उद्देश्य से पूछा।

"जी ! मम्मी डैडी हैं। एक बहन तथा एक भाई हैं।" पीहू ने उत्तर दिया।

इसका उत्तर सुन कर कुछ क्षण तक तो कुमार नंदन चुप रहे । फिर न चाहते हुए भी उन्हें कहना ही पड़ा -"ठीक है ! इस समय आप जा सकती हैं।"

इस पर पीहू ने उठ कर उन्हें धन्यवाद कहा तथा ऑफ़िस से बाहर चली आई थी। किन्तु वहाँ से आने पश्चात वह भी कुछ उद्विग्न सी हो गई थी। मानो उसके सारे अस्तित्व को ही किसी ने झिंझोड़ कर दिया हो। समझ में ही नहीं आ रहा था कि ऐसा क्यों हो रहा है? ऐसा लग रहा था जैसे कि मानों मन के तार स्पन्दित से हो गए हों।

25

उस रात कुमार नंदन सो नहीं सका। न जाने ऐसी क्या बात थी ! आखिर वो 'विराज फैशन डिज़ाइनिंग' कंपनी का मालिक था। सैकड़ों लड़कियाँ उससे मिली थीं। मिलती भी रहती थीं। आज तक कभी भी ऐसा नहीं हुआ था। इससे पहले कभी भी वह किसी भी लड़की से वह इतना प्रभावित नहीं हुआ था। कभी भी किसी के लिए उसने इतना खिंचाव महसूस नहीं किया था। पीहू में आखिर ऐसी क्या बात थी कि जो उसे देखते ही वह बस उसी का ही हो कर रह गया था।

उसे ऐसा लग रहा था कि उसने पीहू को ऐसे ही निराश भेज कर अच्छा नहीं किया। क्या बीत रही होगी उस बेचारी पर? क्या सोच कर, क्या उम्मीद ले कर आई होगी वह साक्षात्कार के लिए ? उसे उसी समय पीहू को रख लेना चाहिए था कंपनी में। काम का उसे नहीं भी अनुभव था तो क्या हुआ। इतनी लड़कियाँ यहां पर काम कर रही हैं। वह भी उन के साथ धीरे धीरे सीख जाती। कम से कम उसकी नज़रों के सामने तो रहती। उससे दूर तो नहीं न जाती। वह उसे जब चाहे देख तो सकता।

वह बिस्तर पर करवटें लेते हुए कुछ ऐसी ही बातें सोच रहा था। आखिर उसकी ऐसी सोच का कारण क्या है? क्या यह उसका पहली नज़र का प्यार है? नहीं नहीं। ऐसी बात नहीं हो सकती। उसके जीवन में अनेक लड़कियाँ आईं। बहुत बहुत खूबसूरत भी। किन्तु इस में ऐसा क्या विशेष है ! जिसने कि उसकी रातों की नींद ही उड़ा दी है !

ऐसी ही हालत कुछ पीहू की भी थी। बार बार उसकी आँखों के सामने कुमार नंदन का चेहरा उभर कर आ रहा था। न जाने क्यों, उसे भी रह रह

कर यही महसूस हो रहा था कि जैसे वह भी कुमार नंदन को बहुत पहले से ही जानती है। जन्म जन्मांतर से। ऐसा क्यों है ! पहले तो कभी, कहीं पर भी, वह इन से नहीं मिली थी। फिर ऐसा क्यों लग रहा है?

उसका भी मन चाह रहा था कि उसे इस कंपनी में नौकरी मिलनी ही चाहिए। यहां पर उसे नौकरी करनी ही करनी है। वह एक बार फिर से कुमार नंदन के ऑफ़िस जाएगी और उस से प्रार्थना करेगी कि वह यहां पर उनके सानिध्य में रहकर नौकरी करना चाहती है।

सोचते सोचते पीहू के अधरों पर एक मधुर सी मुस्कान नृत्य करने लगी। उसने इस मुस्कान को अपनी आँखों में संजो लिया तथा फिर वह दीवार की ओर करवट ले कर सामने एक छोटे से फ्रेम में सजी, टेबल पर रखी हुई कुमार नंदन की तस्वीर को निहारने लगी। वह उसकी ओर निहारती जा रही थी और पुरानी यादों में डूबते जा रही थी।

26

दूसरे दिन ग्यारह बजे का समय होगा कि उसे 'विराज फैशन डिज़ाइनिंग' कंपनी की ओर से एक फोन आया। पीहू ने जैसे ही फ़ोन उठाया तो दूसरी ओर से एक मधुर सा स्वर सुनाई दिया- "मैं 'विराज फैशन डिज़ाइनिंग' से बोल रही हूँ। डायरेक्टर साहब ने आपको बुलाया है। आप एक घंटे तक ऑफ़िस में आ जाइये।"

फिर जब वह ऑफ़िस में गई थी तो रिसेप्शनिस्ट जैसे उसी का इंतजार कर रही थी। उसने सीधे उसे कुमार नंदन के कमरे में भेज दिया। कुमार नंदन भी जैसे उसी का ही इंतज़ार कर रहे थे। पीहू के भीतर प्रवेश करते ही उन्होंने उसे बैठने के लिए कहा था। सोचते सोचते पीहू फिर से मुस्कुराने लगी थी। उसके बैठते ही उन्होंने उससे चाय के लिए पूछ लिया था। किन्तु इससे पहले कि वह कुछ उत्तर दे पाती, कुमार नंदन ने चपरासी को चाय लाने के लिए कह भी दिया था।

चपरासी के जाते ही कुमार नंदन पीहू से कहने लगे- "पीहू जी! जैसे कि हमारी कंपनी की ओर से एक विज्ञापन दिया गया था कि हमें अपनी कंपनी में काम करने के लिए कुछ लड़के-लड़कियों की आवश्यकता है। इसके लिए हमारे पास बहुत से आवेदन आए भी थे। जिनमें से हमने कुछ नियुक्तियां की भी हैं। इसके लिए हमें आपको यह बताते हुए प्रसन्नता हो रही है कि उनमें से आप भी एक हैं। आप की नियुक्ति इसी ऑफ़िस में ही की गई है। आप वापिस जाते समय बाहर रिसेप्शनिस्ट से अपना नियुक्ति पत्र ले सकती हैं तथा कल से ही काम पर आ सकती हैं।"

इसके पश्चात पीहू ने चाय पी कर कुमार नंदन से अनुमति ली तथा बाहर रिसेप्शनिस्ट से अपना नियुक्ति पत्र लेकर वापस अपने होस्टल चली आई थी तथा दूसरे दिन से ही वह ऑफिस में जाने भी लगी थी।

सोचते सोचते पीहू ने फिर से करवट बदली। उसे सारे बीते हुए पल धीरे धीरे स्मरण होते जा रहे थे। कुमार नंदन का आकर्षण और उसमें रूचि दिन व दिन बढ़ती ही जा रही थी। कुछ दिनों के पश्चात उन्होंने उस पर विशेष कृपा करते हुए अपने ऑफ़िस में ही व्यक्तिगत सचिव का स्थान दिया था। जिससे कि वह इसी बहाने सदा उनकी दृष्टि के सामने ही रहे।

इस सब को पीहू भी समझ रही थी, किन्तु शायद वह स्वयं भी कुछ ऐसा ही चाहती थी। उसे भी कुमार नंदन में रुचि तथा उनका सामीप्य अच्छा लगने लगा था। उसके भीतर भी कुमार नंदन की तरह ही एक अनजाना सा आकर्षण उत्पन्न हो चला था। जैसा कि कुमार नंदन को था। यदि स्पष्ट रूप में कहा जाए तो उन दोनों में एक दूसरे के प्रति रूचि व आकर्षण बढ़ता ही जा रहा था तथा उनका यही आकर्षण अब धीरे धीरे प्यार में परिवर्तित होने लगा था, तो गलत नहीं होगा। फिर जैसे जैसे उनमें प्यार बढ़ने लगा वैसे वैसे ही उनकी मुलाक़ातें भी बढ़ने लगीं।

एक दिन की बात है कि कुमार नंदन ने उसे अपने साथ एयरपोर्ट चलने के लिए कहा। वहाँ उन्हें ऑस्ट्रेलिया से आ रहे अपने माता पिता तथा छोटी बहन को लेने जाना था। कुमार नंदन के माता पिता उसकी बहन तथा एक भाई ऑस्ट्रेलिया में ही रहते थे। ऑस्ट्रेलिया में उसके भाई का अच्छा खासा बिजनेस था तथा वह स्थाई रूप से वहां का निवासी बन गया था। इसलिए उनके माता पिता कभी कुछ समय के लिए आस्ट्रेलिया रहने के लिए चले जाते तो कभी दिल्ली में उसके पास रहने के लिए आ जाते। उसकी बहन तो वैसे आस्ट्रेलिया में ही रह रही थी किन्तु जब भी अवकाश मिलता तो वह अपने माता पिता के साथ या अकेले भी दिल्ली में उसके पास चली आया करती थी।

उसका नाम तापसी था। बहुत खुश मिज़ाज लड़की थी वह। हर समय प्रसन्नचित रहने वाली लड़की। जितनी खूबसूरत थी उतनी ही मिलनसार भी थी। कुमार नंदन से वह दो वर्ष छोटी थी। कुमार नंदन

उसे चाहता भी बहुत था। आखिर छोटी बहन जो थी। फिर उस दिन जब पीहू तथा तापसी की आपस में भेंट हुई तो उनका परिचय भी आपस में मित्रता में बदलता चला गया। वो आपस में एक दूसरे की हम उम्र तो थी हीं। इस कारण से भी वो एक दूसरे के समीप होती चली गईं।

एक दिन कुछ ऐसा हुआ कि तापसी सहसा ही उनके ऑफिस में आ गई। आने के पहले उसने इस बारे में किसी को भी कुछ भी नहीं बताया था। यहां तक कि अपने भाई कुमार नंदन को भी कुछ नहीं बताया था। असल में उसका स्वभाव कुछ मिलनसार होने के साथ साथ ही कुछ चंचल भी था। वह अपने भाई को आश्चर्यचकित करना चाहती थी। किन्तु जब वह ऑफिस में आई तो उस समय कुमार नंदन ऑफ़िस में नहीं था। वह किसी काम के सिलसिले में कुछ देर के लिए कहीं बाहर गया हुआ था। इसलिए जब कुमार नंदन तापसी को ऑफ़िस में नहीं मिला तो तापसी पीहू के साथ बैठ कर ही गप्पें करने लगी।

इसी मध्य बातों बातों में ही सहसा तापसी ने पीहू से पूछ लिया- "पीहू एक बात पूछूं तुमसे ? सच सच बताओगी ?"

"यह भी कोई कहने की बात है क्या तापसी ? तुम मेरी अभिन्न सहेली हो। तुमसे मैं झूठ बोलूंगी क्या ? कभी मैंने तुमसे कुछ छुपाया भी है कभी ?" पीहू ने उसे आश्वासन देते हुए उत्तर दिया।

"तो फिर एक बात मुझे सच सच बताओ, क्या तुम मेरे भैया से प्यार करती हो ?"

"यह क्या पूछ रही हो ?" पीहू ने कुछ शरमाते हुए कहा।

"जो बात मैं पूछ रही हूँ, उस का स्पष्ट शब्दों में उत्तर दो। क्या तुम मेरी भाभी बनना चाहती हो ?" बेबाक और स्पष्ट शब्दों में तापसी ने फिर पूछ लिया।

प्रति उत्तर में पीहू लज्जा कर रह गई। कुछ कह नहीं सकी तापसी से।

"हूँ !" तापसी ने समझने के अंदाज़ में अपनी गर्दन हिला दी- "तो यह बात है। ठीक है मैं आज ही भैया से बात करती हूँ।" कहते हुए तापसी जाने के लिए उठ खड़ी हुई।

"नहीं.. नहीं.. तापसी !" पीहू ने उसे हाथ से पकड़ कर रोकना चाहा, किन्तु तापसी ने प्यार से उससे हाथ छुड़ाते हुए कहा- "जो प्यार करते हैं

वो कहने से डरते नहीं हैं मेरी प्यारी भाभी जी !"

पीहू का दिल जोर से धड़क गया। भीतर ही भीतर से वह घबरा सी गई। न जाने कुमार नंदन के दिल में उसके प्रति क्या है ? कैसे भाव हैं ? न जाने तापसी जैसी पागल लड़की उनसे क्या कह दे और वो उसके विषय में क्या सोचने लगें ? उनकी क्या प्रतिक्रिया हो। कहीं उसे नौकरी से ही न निकाल दें। पीहू के दिल में तरह तरह के विचार आने लगे। शरारत से 'बाय' से हाथ हिला कर तापसी वहाँ से चली गई।

27

दूसरे दिन पीहू जब सुबह सो कर उठी तो उसके चेहरे पर भय व संकोच के भाव व्याप्त थे। न जाने आज का दिन कैसा हो ! कल तापसी ने कुमार नंदन से क्या कहा हो ! कैसी बात की हो? आज वह ऑफिस कैसे जाएगी ? कैसे उनकी दृष्टि का सामना पाएगी वह?

वह यह सब सोच रही थी। अभी वह यह सब सोच ही रही थी कि तभी उसके फ़ोन की घंटी बात उठी। धड़कते दिल से उसने फ़ोन उठाया। तापसी का था। दिल एक बार फिर जोर से धड़क उठा। किन्तु करती भी क्या ? अब फ़ोन तो उसे सुनना ही था।

"यस ! पीहू स्पीकिंग !" पीहू ने कांपते हुए स्वर में कहा।

"भाभी जी !" तापसी का चहचहाता हुआ स्वर था- "भैया ने कहा है कि मैं आपसे कह दूँ कि आज से आप ऑफिस नहीं आ रही हैं।"

सुनते ही पीहू के हाथ से फ़ोन छूट गया। वही हुआ न जिसका उसे डर था।

लगी हुई नौकरी भी छूट गई। इतनी अच्छी नौकरी थी। तापसी ने यह क्या कर दिया। फ़ोन से "हेलो.....हेलो" की आवाज़ आ रही थी।

"हेलो पीहू....पीहू....क्या बात है.... हेलो... हेलो !"

किन्तु पीहू थी कि न जाने कहाँ खो गई थी। उसे जैसे फ़ोन से आती हुई घंटी की आवाज़ सुनाई ही नहीं दे रही थी। कुछ देर पश्चात फ़ोन से आती हुई घंटी की आवाज़ आना स्वयं ही बंद हो गयी।

कुछ देर तक पीहू ऐसी ही बेसुध सी हो कर ही बैठी रही। अब जैसे उसमें उठने बैठने की भी शक्ति शेष नहीं रही थी। जैसे वह यहां पर थी

ही नहीं। न जाने कहाँ खो गई थी। उसे सुधि तब आई जब फिर से फ़ोन की घंटी की आवाज़ सुनाई देने लगी।

उसका मन तो नहीं था। किन्तु फिर भी उसने नीचे पड़े हुए फ़ोन को उठा ही लिया। देखा तो तापसी का ही फ़ोन था। पहले तो जी चाहा की फ़ोन काट ही दे। उसी के कारण ऎसी परिस्थिति उत्पन्न हुई है। फिर भी वह ऐसा सोचते हुए भी उसके फ़ोन को अन-देखा नहीं कर सकती थी । आखिर तापसी उसकी एक अच्छी सहेली भी थी। आखिर उसने जो कुछ भी किया, किया तो उसी की भलाई के लिए ही था न। उस पर यदि परिस्थिति इस प्रकार उसके नियंत्रण में नहीं रही तो किया भी क्या जा सकता है ! उसने यह सब कुछ जानबूझ कर तो नहीं किया न। इसमें उस बेचारी का क्या कसूर है ? उसने अनमने मन से फ़ोन उठा लिया- "हेलो ! पीहू स्पीकिंग !"

"अरे ! क्या बात हो गई थी ? फ़ोन क्यों नहीं उठा रही थी ? पहले भी मैं फ़ोन पर हेलो...हेलो...करती रही। तुमने कोई उत्तर ही नहीं दिया ? क्या इतनी खुश हो गई थी ?" तापसी ने पूछा।

"खुश !" पीहू को आश्चर्य हुआ- "इसमें खुशी की बात थी या दुखी होने की ? मेरी तो रुलाई निकल रही है और तुम्हें मजाक सूझ रही है। इतनी अच्छी नौकरी लगी हुई थी, वह भी छूट गई।" पीहू ने रुआंसे स्वर में कहा।

"अरे ! रोने की क्या बात है ? यह तो सब से बड़ी खुशखबरी है। तुम्हें तो इसे सुन कर उठ कर नाचना चाहिए। झूमना चाहिए। मेरी सबसे प्यारी सहेली।" तापसी ने चंचलता से कहा।

"ऐसी क्या बात है ?" पीहू ने कुछ चौंकते हुए ही पूछा।

"अरे ! अब तुम मेरी भाभी बनने वाली हो। भैया ने तुम से शादी के लिए अपनी सहमति दे दी है। अब कुछ ही दिन बाद आप मेरी भाभी बन कर हमारे घर आ जाएंगी।" तापसी ने एक ही सांस में सब कुछ कह दिया।

"क्या !" पीहू को मानों अपने कानों पर विश्वास ही नहीं हो रहा था कि वह क्या सुन रही है।

"यह क्या कर रही हो तुम?"

"वही जो तुमने सुना।" तापसी ने कहा।

"लेकिन नौकरी के विषय में तुम क्या कह रही थी?" पीहू को मानों अब भी विश्वास नहीं हो रहा था।

"अब 'विराज फैशन डिजाइनिंग' की मालकिन यानी हमारी भाभी नौकरी करेंगी क्या ?" तापसी ने पीहू से मज़ाक के अंदाज़ में कहा।

"अब तो आप राज करेगी राज ! भैया की कंपनी पर भी और उनके दिल पर भी।"

"मेरे तो प्राण ही निकल गये थे जैसे। तुम्हारी बात सुन कर तो मुझे लगा था कि तुम्हारे भैया ने क्रोध में आ कर मुझे नौकरी से ही निकाल दिया है।"

"हमारी भाभी भी बहुत ही भोली है। अरे ! मैं तापसी हूँ। इतने बड़े बिज़नेस के मालिक की इकलौती बहन ! मैं जैसा करना चाहूँ वैसा हो कर ही रहता है। समझी !" तापसी ने अपने गर्वीले स्वर में कहा।

"तुमने मुझे अजीब से चक्र में दाल दिया है तापसी। अब मुझे समझ में नहीं आ रहा कि मैं क्या करूँ ?' पीहू ने उलझन भरे स्वर में कहा।

"अब तुम्हें कुछ भी नहीं करना है। जो भी करना है हमें ही करना है या भैया को करना है। अभी भइया बाथरूम में हैं। बाहर आने के बाद कुछ ही देर में तुम्हें फ़ोन करेंगे।"

पीहू ने प्रति उत्तर में कुछ नहीं कहा।

तापसी ने उसे शीघ्र ही फिर से मिलने के लिए कहते हुए 'बाय' कहा और फ़ोन रख दिया। पीहू चाहती थी कि तापसी कुछ देर ओर उससे बातें करती रहती। कुछ ओर कहती। कुमार नंदन के विषय में भी। किन्तु तापसी ने फ़ोन रख दिया था। मायूस हो कर उसे भी रखना पड़ा।

इसके पश्चात एक दिन तापसी कुमार नंदन के साथ पीहू के पास होस्टल में भी आई तथा फिर अपने साथ ही अपने घर भी ले गई। घर में उसने अपने माता पिता से मिलाया। तापसी के माता पिता को भी पीहू बहुत पसंद आई थी तथा उन्होंने भी उसे अपनी बहू के रूप में अपनाने का निर्णय ले लिया था। किन्तु इस सब के लिए पीहू के माता पिता की सहमति भी आवश्यक थी। इसके लिए उन्होंने पीहू से कह कर उन्हें भी पत्र लिख कर दिल्ली बुला लिया। यहाँ दोनों पक्ष एक दूसरे से मिल कर

बहुत प्रसन्न हुए। दोनों ने फिर एक मत हो कर कुमार नंदन तथा पीहू के विवाह के लिए एक दूसरे को अपनी सहमति दे दी थी। इसके साथ ही उन दोनों के विवाह का दिन भी निश्चित कर लिया गया तथा तय समय के अनुसार उन दोनों का विवाह कर उन्हें सदैव के लिये एक सूत्र में बांध दिया। शादी का सारा खर्च तथा प्रबंध कुमार नंदन के परिवार ने ही किया। हालांकि पीहू का परिवार भी बहुत सम्पन्न था। किन्तु कुमार नंदन तथा पीहू के आगे उनकी एक भी न चल सकी। इस शादी से यहाँ पीहू तथा कुमार नंदन प्रसन्न थे, वहीं पर उन दोनों के परिवार वाले भी अति प्रसन्न थे।

28

समय का पहिया तो निरंतर अपनी गति से चलता ही रहता है। उसी प्रकार इस समस्त सृष्टि में भी इसके रचयिता द्वारा निर्धारित सारी गतिविधियां चलती रहती हैं। भूलोक से न जाने कितने ही प्राणी उच्चतम लोक में चले गए। कितनी ही आत्माओं ने फिर से पृथ्वी पर पुनर्जन्म भी ले लिया। यह सब सोचने में विचित्र सा अवश्य ही लगता है, किन्तु यह सब अस्वाभाविक नहीं है। विचित्र इसलिए प्रतीत होता है कि सृष्टि में हर एक आयाम की समय की अपनी भिन्न गति होती है। पृथ्वी के कई वर्ष और यहां के कुछ एक दिन। इसी प्रकार की व्यवस्था से सारा ब्रह्मांड तथा यह सारी सृष्टि नियंत्रित है।

पृथ्वी पर आकाश तथा स्मृति का जन्म हुआ। फिर उनकी मृत्यु हुई। उसी प्रकार फिर राजीव तथा कमलेश का भी जन्म हुआ। फिर उनकी भी मृत्यु हुई। किन्तु इसके विपरीत भुवर्लोक में रह रहे मनु, कुलदीप सिंह, गोपाल, अमरीक सिंह आदि का समय बहुत धीमी गति से चलने के कारण, कुछ ही दिन का व्यतीत हुआ था। इसलिए वो अभी भी अपने मित्र सम्बन्धियों के जीवन मृत्यु तथा आवागमन के खेल को देख व समझ रहे थे।

"सच्चा प्यार कभी नहीं मरता है।
पृथ्वी पर मनुष्य की मौत हो जाने के बाद भी
सदैव जीवित रहता है।"

दो भिन्न आत्माएं इस पृथ्वी लोक में मिलती अवश्य ही हैं। यह भी प्राकृतिक का एक अटल नियम है। यह अलग बात है कि पृथ्वी पर

सामाजिक व्यवस्था का नियंत्रण होने के कारण बहुत बार उनका विवाह सूत्र में एक साथ बंध पाना या एक साथ रह पाना संभव नहीं होता। किन्तु उनका मिलन अवश्य ही होता है। जिस प्रकार आकाश तथा स्मृति आपसे में मिले अवश्य ही। राजीव तथा कमलेश भी आपस में मिले ही। क्योंकि दो प्यार करने वाली आत्माएं किसी भी जन्म आपस में मिलें नहीं, ऐसा हो ही नहीं सकता। किसी जन्म में वो सामाजिक व्यवस्था में रहते हुए आपस में एक सूत्र में बंध पाएंगी , किसी जन्म में ऐसा नहीं हो सकेगा।

ऐसा ही इन दोनों के साथ भी हुआ। एक जन्म में उनका आकाश तथा स्मृति के रूप में जन्म हुआ तथा दूसरे जन्म में राजीव तथा कमलेश के रूप में। इस बार इन दोनों आत्माओं का पीहू तथा कुमार नंदन के रूप में जन्म तथा फिर मिलन भी संभव हुआ। इस बार वो दोनों सामाजिक व्यवस्था के अनुसार एक सूत्र में बंध कर, एक साथ वैवाहिक बंधन में भी बंध गए।

29

मनु जब पृथ्वी लोक में था तो वह बहुत धार्मिक तथा आध्यात्मिक प्रकृति का तो था ही, इसके साथ ही वह बहुत ही शांत तथा सरल स्वभाव का भी था। जब उसके जीवन का कार्यकाल समाप्त होने को था तो जैसे कि पहले भी बताया जा चुका है कि उसे अपने अंतिम समय का पूर्वाभास भी हो चुका था। उसने अपने जीवन के अंतिम क्षणों में इस बात का निर्णय लिया था कि जैसा उसे अभी तक के अर्जित ज्ञान से अनुभव हुआ है कि इस जीवन के पश्चात भी जीवन है। तो यदि संभव हुआ तो वह अपनी मृत्यु के पश्चात भी यहाँ किसी योग्य व समर्थ व्यक्ति से संपर्क साधने का तथा वहाँ भुवर्लोक के अथवा अन्य लोक के विषय में जितना भी हो सकेगा बताने का यथासंभव अवश्य ही प्रयास करेगा।

इसी प्रकार जब मनु की मृत्यु हो गई तो उसने अपने किये गए निश्चय का स्मरण रहते हुए यहां भूलोक से संपर्क साधने का प्रयास आरम्भ कर दिया। इस मध्य पृथ्वी पर कई वर्ष बीत चुके थे। आवागमन के चक्कर में कई आत्माओं का कई कई बार पृथ्वी पर जन्म तथा मृत्यु भी हो चुकी थी। फिर भी मनु का यह प्रयास चलता ही रहा। वह निरंतर पृथ्वी लोक में किसी न किसी से संपर्क साधने का निरंतर प्रयत्न करता ही रहा।

इस पुस्तक के लेखक का भी रहस्मयी दुनिया में रूचि होने के कारण 'स्वचलित लेखन' (Auto Writing) के माध्यम से अदृश्य शक्तियों से संपर्क करने का प्रयास चलता रहता था। अपने इसी प्रयास के दौरान ही एक दिन उसका मनु से संपर्क हो गया। फिर उनका आपस का यह

परिचय समय के साथ ही घनिष्ठता में परिवर्तित होता चला गया। तब मनु ने भुवर्लोक में रहते हुए भूलोक के जीवन तथा लोकपरलोक के अनुभव के विषय में जो लेखक को बताया, वो सब इस 'पल भर की छांव' नाम के उपन्यास के रूप में सामने आया है। इस पुस्तक के माध्यम से यहां हमारा लोकपरलोक के जीवन की सच्चाई से परिचय होता है तथा वहां के प्रति अपनी आस्था गहरी होती है, वहीं हमें एक रुचिकर एवं मर्मस्पर्शी कहानी भी पढ़ने को मिलती है। यह पुस्तक 'पल भर की छांव' मनु तथा लेखक के ही सतत प्रयासों का फल है। पुस्तक कैसी है, इसके विषय में अपनी बहुमूल्य राय से अवश्य ही अवगत करें।

लेखक परिचय

राज ऋषि शर्मा एक जाने माने लेखक, कवि तथा साहित्यकार होने के साथ साथ ही एक अच्छे चित्रकार भी हैं। राज ऋषि शर्मा की अनेक रचनाएँ विभिन्न पत्र पत्रिकाओं तथा संग्रहों में प्रकाशित हो चुकी हैं। इन की प्रमुख प्रकाशित पुस्तकों में 'सपनों की दुनिया' (विश्लेषणात्मक) का नाम लिया जा सकता है, जो स्वप्न विश्लेषण तथा इसके संदर्भ में विस्तृत मनोविज्ञान तथा विज्ञान पर आधारित है। इसके अतिरिक्त इनकी 'सफल जीवन' नाम की प्रेरणात्मक पुस्तक भी विशेष चर्चा में है। जिसमें जीवन में सफलता के विपरीत 'सफल जीवन' पर ध्यान केंद्रित किया गया है। इन की अन्य पुस्तकें हैं, 'स्वप्न विश्लेषण' 'सपनों का मायाजाल'(विश्लेषणात्मक) 'पल भर की छाँव' (लोक-परलोक पर आधारित रोमांटिक उपन्यास) 'अदृश्य लोक' (विश्लेषणात्मक) 'सुहाने पल' (काव्य-संग्रह) 'हर वर्ष पुनर्जन्म' (ई-बुक) एवं 'स्वप्न संसार' (ई-बुक)। अनेक विधाओं में इन की विभिन्न रचनाएँ रेडियो कश्मीर जम्मू द्वारा भी प्रसारित हो चुकी हैं।

राज ऋषि शर्मा १९७५ में 'महक' पत्रिका के संपादक एवं प्रकाशक भी रहे हैं एवं इसके साथ ही १९७७ में 'राजर्षि कल्चर क्लब' का संचालन भी इन की प्रमुख गतिविधियों में सम्मिलित रहा है। इन दिनों लेखन कार्य के साथ साथ 'महकती वाटिका' नामक काव्य संग्रह का श्रृंखलाबद्ध रूप से सम्पादन व प्रकाशन भी कर रहे हैं।

स्वप्न संबंधी विस्तार पूर्वक

जानकारी के लिए

अमेज़न,'फ्लिपकार्ट, गूगल प्लेबुक्स पर
उपलब्ध।
'सपनों की दुनिया' पढ़ें।
स्वप्न हमें क्यों आते हैं?
देश विदेश के सुप्रसिद्ध स्वप्न।
क्या स्वप्न सत्य होते हैं?
अच्छे या बुरे स्वप्न।
स्वप्न लाभप्रद भी होते हैं।
सपनों पर नियंत्रण।
क्या स्वप्न अपनी इच्छानुसार देखे या सकते हैं?

अदृश्य लोक (विश्लेषणात्मक)

अदृश्य लोक संबंधित

स्वप्न संबंधी विस्तार पूर्वक

अद्भुत रोचक व विस्तृत विश्लेषणात्मक जानकारी के लिए

लिखित अदृश्य लोक पुस्तक अवश्य ही पढ़ें।

अदृश्य लोक क्या है व कहाँ पर है।

अदृश्य शक्तियां क्या हैं।

क्या अदृश्य शक्तियों से संपर्क संभव है।

अमेज़न, 'फ्लिपकार्ट, गूगल प्लेबुक्स,पर उपलब्ध।

लेखक की अन्य रचनाएँ

1.स्वप्न विश्लेषण (विश्लेषणात्मक)
2.सपनों का मायाजाल(विश्लेषणात्मक)
3.सपनों की दुनिया (विश्लेषणात्मक)
4.सुहाने पल (काव्य संग्रह)
5.सफल जीवन (प्रेरणात्मक)
6.पल भर की छाँव (उपन्यास)
7.अदृश्य लोक (विश्लेषणात्मक)
8.हर वर्ष पुनर्जन्म (सच्ची कहानियां) (डिजिटल)
9.स्वप्न संसार (डिजिटल)
10.डॉक्टर कसाई (सच्ची कहानियां) (डिजिटल)
11.मैं साधु नहीं (डिजिटल)
12.चांदनी (डिजिटल)
13.जीना इसी का नाम है (शीघ्र प्रकाश्य)
14.आप स्वयं को बदल सकते हैं (शीघ्र प्रकाश्य)
15.आओ कुछ देर सोच लें (प्रेरणात्मक)(शीघ्र प्रकाश्य)

www.ingramcontent.com/pod-product-compliance
Lightning Source LLC
LaVergne TN
LVHW040442051026
849517LV00002B/717

* 9 7 9 8 8 8 6 4 1 8 3 3 0 *

तस्बिर @ किशोर कायस्थ

सन् १९७४ मा गोरखाको बुङ्कोटमा जन्मिएका स्वर्णिम वाग्लेले लन्डन स्कुल अफ इकोनमिक्स (बेलायत)बाट अर्थशास्त्रमा स्नातक, अमेरिकाको हार्भर्ड विश्वविद्यालयबाट अन्तर्राष्ट्रिय विकासमा स्नातकोत्तर र अस्ट्रेलियन नेसनल विश्वविद्यालयबाट अर्थशास्त्रमा विद्यावारिधि गरेका छन् । सन् २०२० देखि २०२२ सम्म न्युयोर्कस्थित राष्ट्रसङ्घीय विकास कार्यक्रम (युएनडिपी) मुख्यालयमा एसिया-प्रशान्त क्षेत्रको प्रमुख आर्थिक सल्लाहकार रहेका वाग्ले त्यसअघि तीन वर्ष राष्ट्रिय योजना आयोगका उपाध्यक्ष एवम् सदस्य थिए ।

२५ वर्षदेखि अन्तर्राष्ट्रिय विकासमा सक्रिय वाग्ले विश्व बैङ्क (वासिङटन) र युएनडिपीमा वरिष्ठ अर्थशास्त्री रहिसकेका छन् । उनी काठमाडौं विश्वविद्यालयको सिनेट सदस्य एवम् सर्वाङ्गीण विकास अध्ययन संस्था (आइआइडिएस)का अध्यक्ष छन् । प्रतिनिधिसभा सदस्यमा तनहुँ क्षेत्र नं २ बाट निर्वाचित वाग्ले राष्ट्रिय स्वतन्त्र पार्टीका उपसभापति हुन् ।

www.ingramcontent.com/pod-product-compliance
Lightning Source LLC
LaVergne TN
LVHW060218051026
849517LV00005B/1444
* 9 7 8 9 9 3 7 7 9 0 2 5 3 *